냉정한 돼지

냉정한 돼지

YA
02

제임스 팁트리 주니어 소설

황희선 옮김

WITH DELICATE
MAD HANDS

아작

$\underline{1}$

캐롤 페이지는 사랑받지 못하는 데 있어서는 타의 추종을 불허했다.

초록빛 눈에 주근깨가 박힌 귀엽고 아담한 빨 강 머리였지만, 괴상하게 짓눌린 크고 두툼한 코가 얼굴을 망치고 있었다.

국립보육원 간호사 말에 따르면, 산부인과에 근 무하던 의대생이 분만 과정에서 코를 눌러버리는 바람에 이 모양이 됐다고 했다. 캐롤의 어머니는 출산 중 사망했고, 아기의 얼굴에 남은 징그러운 코에는 사팔눈을 향해 뒤집힌 콧구멍이 코털과 점막을 드러내고 있었다. 다른 아이들은 캐롤을 '코범벅'이라고 불렀다.

자라면서 캐롤 페이지라는 이름은 CP로 줄어들었고, 시간이 더 흘러서 타고난 결벽 성향이 드러나자 우주인들은 캐롤을 같은 약자의 '냉정한 돼지(Cold Pig)'라고 불렀다. 때로는 캐롤의 면전에서까지 그랬다.

캐롤이 공식적으로 운영계급의 자식으로 태어났더라면, 그래서 그 딱한 들창코에 몇 차례만 메스를 댔더라면 깜찍한 요정의 코를 되찾을 수 있었을 것이다. 그뿐인가. 자연이 캐롤에게 선사하려 했던 별과 같은 눈망울은 도발적인 초록빛 광채를 내뿜었을 것이며, 입술은 감미로운 곡선을 그리고, 고된 노동으로 붉어진 푸석푸석한 피부 대신 장미꽃잎의 붉은 빛이 감도는 우윳빛 살결을 지녔을 테고, 가느다란 손가락이 앙증맞았을 것이다.

캐롤에게 이런 편의를 허락하지 않은 탓에, 세상은 그런 섬세하고 장난기 어린 미모의 소녀를 잃게 되었다. 하지만 훨씬 큰 파국을 겪은 뒤 가까스로 회복 중이던 세상에 개인의 비애 따위는 별 의미가 없었다.

따지고 보면, 캐롤은 살아 있는 것 자체가 행운이었다.

캐롤의 어머니는 열다섯 살 무렵에, 출장을 온 운영자에게 배정되었다. 그가 '처녀'를 좋아했기 때문이었다. 운영자의 체류 일정이 예상보다 지연되면서 어머니가 임신을 했다. 운영자는 캐롤의 어머니를 상당히 마음에 들어 했기 때문에, 아기를 낳고 싶어 하는 캐롤 어머니의 간절한 바람과 닥쳐올 운명에 대한 두려움을 알게 되자, 손을 써서 국립병원에 자리를 마련해주었다. 물론 어머니는 거기서 죽었지만, 아기인 캐롤은 국정 거주 구역에 체류권을 얻었다.

이 거주 구역은 청정지역에 있는 소수의 도시형 복합단지 중 하나였다. 과거 중산층 생활을 모방한 삶이 이루어지던 곳으로, 숙련노동자와 (아주 드물게는) 운영계급 후보의 공급처 역할을 했다. 캐롤은 기본적인 의료지원을 받았고, '코범벅'이라는 이름을 얻게 될 고아 학교로 배정되었다.

이곳에서 캐롤은 두 가지 특징을 발전시켰다. 하나는 잘 알려져 있었지만, 다른 하나는 아무도 모르는 비밀이었다.

명석하고 부지런한 일꾼이자, 지칠 줄도 일을 쉴 줄도 모른다는 점은 모두가 알고 있었다. 캐롤은 무슨 일을 시켜도 상위 1퍼센트에 들었고, 늘 그 이상을 겨냥했다. 캐롤의 목표는 곧 분명하게 밝혀졌는데, 살아남는 것만으로도 업적이 되는 이 학교에서는 절대 성취 불가능한 목표로 보였다. 캐롤은 우주선에 탑승하는 승무원이 되겠다는 꿈을 꾸고 있었던 것이다.

코범벅과 가까이 지내고 싶어 하는 사람들도 더러 있었지만, 캐롤은 눈길 한번 주지 않고 목표를 향해 매진했다. 도움이 될 가능성이 있으면 무엇이든 재빨리 쉽게 익혔다. 산술, 미적분학, 벡터 수학을 차례차례 헤치고 나가면서, 금속학과 전자공학은 물론 모든 종류의 컴퓨터와 씨름했다. 천문학은 통째로 삼켜버린 수준이었다. 현실주의자였던 캐롤은 수작업 기술들도 등한시하지 않았다. 금속세정, 영양학, 우주조리학, 간호학, 지압법, 27가지 기초 성애술, 일상적으로 쓰이는 장치 수리법은 물론이거니와, 우주 공간에서 세탁하는 법도 익혔다. 부전공은 우주의학이었다. 엔진과 관련된 내용은 하나부터 열까지 열심히 공부했고, 궤도비행이나 이륙과 관련해 찾아낼 수 있는 내용도 모조리 공부했다. 어린 시절부터 국가에서 받았던 쥐꼬리만 한 보조금은 한 푼도 빠짐없이 모은 뒤, 거주 구역 내 공항에서 간이 비행 훈련을 받는 데 썼다.

그리고 결국에는 해냈다. 캐롤은 일반 승무원 훈련과정에 진입하는 양자적 도약을 해내고야 말았다. 추천서는 여자 몸에 손도 대보지 못했던 수학자에게서 받았다. 자신이 근무하는 학교의 성적 평균을 올리고 싶어 했던 국가시험 감독관도 쓸모가 있었다. 반드시 진행해야 할 소행성 채굴 작업에 보조 인력이 전반적으로 부족했던 현실도 보탬이 되었다. 하지만 기본적으로는 캐롤을 끌어당기는 별들을 향한 마르지 않는 열정 덕분이었다.

물론 수많은 사람이 우주로 나가기를 바란다. 제일 큰 이유는 우주인의 삶이 영예롭다고 여겨졌기 때문이다. 사람들은 별이 보일 때면 우러러보기도 하니까. 캐롤의 소망이 드문 것은 아니었다. 강렬함의 차원이 달랐을 뿐이었다. 캐롤은 본래 말수가 적었지만, 자신이 품은 소망은 절대 드러내지 않았다. 주변 사람들이 볼 때는 코범벅이 우주에 간다는 것이 우스웠기 때문이었다. 하지만 누군가의 말처럼, "여기보다는 거기 있는 편이 나았다."

일반 승무원 훈련과정에서도 같은 일상이 반복되었다. 캐롤은 두 배로 열심히 공부할 뿐이었다. 학비를 낸 뒤 약간의 돈이 더 모였지만 수술비로 지출했다. 평범한 소녀라면 코를 고치는 수술을 받았겠지만, 캐롤은 여학생에게 요구되는 불임수술을 받았다. 실제 비행까지 가려면 의무적으로 받아야 하는 수술인데, 비용은 자비로 부담해야 했다. (우주기지 노동자들도 수술을 받도록 장려되었지만, 의무사항은 아니었다.)

그리고 캐롤은 비교적 쉽게 모든 일을 해냈다.

열아홉 살에 우주에서 일할 수 있는 자격증을 취득했던 것이다. 지구 바깥에서 진행되는 작업을 배정받을 준비가 다 갖춰졌다. 얄궂은 일이지만 흉한 외모가 이 단계에서는 도움이 되었다. 캐롤은 선발 면접에서 특히 원거리 탐사 비행에 참여하고 싶다고 밝혔다.

"이런 맙소사." 젊은 면접관이 업무 배정부서의 상관들에게 말했다. "저런 면상이랑 1년 동안 일해야 한다고 생각해보세요! 하수처리장 끝에나 처박아두죠."

"이런 풋내기야, 그건 미련한 생각이지. 가장 최근의 타이탄 탐사 임무가 왜 중단되었는지 알아? 최근 여섯 건의 트로이 탐사에서 사고가 세 번이나 벌어진 이유를 아냐고. 장기 탐사에서 그렇게 많은 컴퓨터가 '사고로' 비행 로그를 삭제한 이유가 뭐겠어? 소행성대 반대편에 쓸만해 보이는 암석들을 분석한 광물학 데이터를 몽땅 잃었어. 세슘 구할 곳을 알 길이 아직 전혀 없다는 사실을 잊지는 않았겠지. 이봐, 왜 그랬겠어?"

젊은 인사관리자는 바로 태도를 고쳤다.

"어, 대인관계 갈등 때문입니다. 제한구역에 오래 체류하는 사람들에게 불가피하게 생겨나는 스트레스와 충돌 때문이었죠. 선체 설계자들이 사생활을 배려할 방법을 찾고 있습니다. 제가 알기로는 몇 가지 새로운 개념들을 고안해냈⋯."

"그런데 자네는 이런 화약고에다가 매력적인 여성까지 추가하겠다는 거야? 남자란 경쟁 상대가 아니라 여자가 있을 때 더 잘 해낸다는 걸 알잖나? 생리적인 욕구만 해결해주는 게 아니라, 하녀 겸 어머니 역할을 해줄 여자가 있어야 한다 이 말이야. 경쟁이나 긴장을 조금이라도 유발할 수 있는 여자는 우리한테 필요 없어. 기지에 섹시하게 생긴 여자들이 얼마든지 있으니까, 마음속에 품어 두고 있다가 또 만나러 돌아오려고 일을 열심히 할 거란 말이야. 하지만 장기 비행에서 성적인 필요에 요긴한 건 인간 쓰레기통이야. 이⋯, 이름이 뭐더라⋯, 그래 캐롤 페이지는 그 조건에 딱 맞는 데다가, 성적표가 무의미하지 않다면 여기 나열된 기술들이 모조리

덤으로 따라온다고. '저런 면상'이랑 1년을 지낸다고 생각해봐. 승무원들이 장님이거나 미친놈이 아니라면 저 여자를 두고 싸울 수 있겠어?"

"예, 부장님. 무슨 말씀인지 잘 알겠습니다. 제가 완전히 잘못 생각했습니다. 감사합니다."

"그래, 넘어가자고. 저 여자가 일을 할 줄만 안다면 괜찮은 자원이 될 수 있을 거야."

그리하여, 캐롤은 장기 임무에 적합한지 시험해 본다는 조항을 달고 우주 공간으로 나가게 되었다.

명왕성 궤도에서 이탈한 것으로 보이는 큰 소행성의 접근을 확인하는 임무였던 첫 비행에서, 캐롤은 인사부장의 안목이 옳았음을 증명했다. 캐롤은 청소하고 쓰레기를 치우면서 실내를 깨끗이 유지하고 필요한 수리를 혼자서 다 했다. 캐롤이 내놓은 음식은 상상을 초월할 정도로 맛있었고, 불쾌한 일들을 모두 거든 데다가 우주 설사병을 겪는 남성 두 명을 간호하는 것은 물론, 마사지로 허리 통증을 풀어주기도 했다. 진정한 욕망은 일으키지 못했지만, 입을 늘 꼭 다문 채 '인간 쓰레기통'의 성적 의무까지 뛰어나게 수행했다. (냉정한 돼지라는 별명은 이 비행 뒤에 생겼다.) 캐롤은 대인관계 갈등을 전혀 유발하지 않았다. 사실 승무원 중 두 사람은 보고서를 낼 때 캐롤에게 아주 좋은 점수를 주면서도, 잘 가라는 인사를 하는 것조차 깜박할 정도였다.

같은 실적을 몇 차례 쌓은 뒤, 캐롤은 인사과장이 예견했던 것처럼 기획자들에게 일종의 자산으로 간주되기 시작했다. 승무원들은 캐롤을 딱히 좋아하지는 않았고, 승선 명단에 냉정한 돼지가 올라가 있으면 정말 괴롭다는 듯한 반응을 보였다. 하지만 내심 싫어하지는 않았다. 냉정한 돼지가 낀 임무는 진행이 매끄럽고 더할 나위 없이 편안하다고 알려져 있었다. 비상시에는 특수 임무 예닐곱 가지도 맡길 수 있었다. 냉정한 돼지가 승선한 곳에서는 일이 완전히 틀어지는 법이 없었다. 돼지는 은밀하게 행운의 상징으로 여겨졌다. 캐롤은 확장가도를 달리는 우주 네트워크에서 암묵적인 위상을 확보했다.

하지만 밥 마이크 선장은 예외였다. 캐롤의 사연이 시작되는 곳도 마이크 선장의 캘거리 호였다. 마이크 선장은 캐롤을 혐오했기 때문에, '냉정한 돼지'가 삶에서 가장 소중하게 여기는 부분을 무시했다.

냉정한 돼지가 묶여 있는 다양한 계약조항 중에는 캐롤이 목표로 삼아 매진해 온 결과물, 목숨보다 중요하게 여겼던 구절 두 개가 포함되어 있었다. 캐롤은 여성 우주인 수천 명 중 유일하게 단독 비행 자격을 보유하고 있었던 것이다.

캐롤은 첫 계약에서 일반 비행 항목을 고집했으며, 뒷받침할 경력도 증거로 갖추고 있었다. 책임자도 별다른 거부감을 보이지 않았다. 우주 공간에서의 작업에는 물건을 여기저기로 나르는 지루하고 반복적인 업무가 수천 시간 포함되는데, 남자들은 이런 일을 싫어했으며 이런 성격의 일을 거들도록 허가받은 기지 여성은 꽤 많았다. 장거리를 오고 가더라도 아무런 말썽을 만들어낼 리 없는 캐롤의 외모가 이 허가를 받을 때도 도움이 되었다.

하지만 냉정한 돼지의 시선은 더 높은 곳을 향하고 있었다.

캐롤은 일단 우주에 발을 들인 후, 발사되는 로켓 종류는 모두 단독 조종할 수 있는 자격을 따낼 태세를 갖추었다. 배정된 업무시간 사이마다 비행 시간을 누적했고, 어떤 기종이든 어디로든 비행할 의향이 있었다. 캐롤은 신체 기능을 온전히 유지하기 힘들 만큼 산소 재생기가 망가진 낡은 비행선으로 암석을 운반하면서 3개월을 더러운 공기로 연명하는 일도 마다치 않았다. 최악의 비행에도 선뜻 나서는 열정 또한 캐롤을 자산으로 만들었다.

위험한 단기 임무에서 심각한 암석 충돌이 발생하자 노력에 대한 보상이 따라왔다. 냉정한 돼지는 사람 목숨을 둘이나 구했을 뿐 아니라, 신형 우주선을 조종해 귀환한 뒤 프로처럼 착륙시켰다. 다치긴 했지만, 캐롤 덕에 목숨을 구한 당시의 선장은 고마움의 표시로 캐롤이 탐내던 큰 건수, 곧 두 번째 계약조항을 확보할 수 있도록 도왔다. 편대 임무에서 임무를 수행할 수 없는 정찰선이 생기면 캐롤 페이지가 그 임무를 대신 맡아서 본래의 조종사가 회복될 때까지 단독 조종을 할 수 있다고 공식적으로 표기된 것이다. 거기에는 모든 승무원이 임무를 수행할 수 없게 되면 모함(母艦) 자체를 조종할 수 있는 자격도 포함되었다.

그런 이유로 어느 날 냉정한 돼지는 캘거리 호의 마이크 선장과 천왕성 반대편으로 가는 초장기 탐사 업무에 대해 면담을 했다. 캘거리 호에 딸린 정찰선 다섯 대 중 넉 대가 장기 탐사 비행을 하고 있었는데, 다섯 번째이자 마지막 조종사인 도널드 램이 골반 골절상을 입고 취침 유닛에 묶여 있었기 때문에 그의 정찰선은 격납고에서 놀고 있었다.

"내 숨이 붙어 있는 동안에 계집은 내 우주선에서 절대 밖으로 못 나가." 선장이 차분하게 말했다. "네 자격 조항이 뭐라고 되어 있든 내 알 바가 아니야. 자격이 있다고 주장하려면 기지로 돌아가서나 해. 아니면 사소한 사고가 일어나서 너도 쓰레기 배출구로 나갈 수도 있겠지. 잘 들어. 내가 선장이고, 내 말이 법이야."

"하지만 선장님, 램의 정찰선이 수집해야 할 데이터가 아주 중요하다고 알고 있습니다만…."

선장이 차디찬 표정으로 캐롤을 바라보았다. 언뜻 보기에도 제정신이 아니었다. 캐롤 자신도 제정신은 아니었지만 스스로 깨닫지는 못했다.

"뭐가 중요한지 마지막으로 확실하게 알려주지. 따라와, 돼지." 선장은 그 이름을 침 뱉듯 뱉었다.

캐롤은 선장을 따라 정찰선 접근 통로로 갔다. 한 곳을 제외한 모든 칸이 비어 있었다. 선장은 램의 정찰선 출입구를 열고 좁은 선내로 기어들어 갔다. 캘거리 호가 회전하면서 생기는 인공 중력이 그곳에서는 매우 강했다. 그가 툴툴거리는 소리가 들렸다.

"이걸 봐." 선장은 계기판에서 키를 뽑아 주머니에 넣고, 무거운 쇠 지렛대를 당겨 끄집어낸 다음, 정찰선의 컴퓨터를 일부러 여러 차례 가격했다. 냉정한 돼지는 숨이 멎는 것만 같았다.

선장이 정찰선에서 기어 나왔다.

"바지 벗어."

캐롤의 희망이 산산이 부서진 곳에서, 선장은 캐롤을 차디찬 철망 위에 눕힌 채 쓰레기통으로 이용했다. 고통스러울 만큼 거칠게 다룬 데다가 바지로 못생긴 얼굴을 덮었기 때문에 캐롤은 질식할 뻔했다.

　그러던 중, 선장이 캐롤의 윗옷 주머니에 불룩 튀어나온 부분을 눈치챘다. 수첩이었다. 그는 무릎으로 캐롤의 어깨를 아프게 짓누르면서 수첩을 꺼내 휙휙 넘겼다.

　"야, 이게 뭐냐? 시냐?" 선장은 경멸을 한껏 담은 간드러진 목소리로 수첩에 적힌 것을 읽었다. "더러운 창살을 짚은 섬세한 광기의 손에는…, 우웩!" 그는 수첩을 쓰레기통에 난폭하게 던져 넣었다. 수첩 종이가 찢겨나가면서 철망 틈으로 날아갔다.

　냉정한 돼지는 고통을 느끼면서, 반듯이 누운 채로 수첩을 보려 몸을 틀었다. 쏟아져 나오는 눈물을 참을 수가 없었다.

　마이크 선장은 성 기능이 원활한 사람이 아니었다. 그는 남성으로서 실패할라치면 캐롤의 머리를 때리거나, 새로운 모욕 방식을 찾아냈다. 하지만 이제 그는 자신의 운명을 확정 지은 줄도 모르는 채로 환희의 미소를 짓고 있었다. 그는 캐롤의 머리를 앞으로 잡아당기면서 마침내 사정을 했다.

"좋아. 네가 비행에 접근할 수 있는 건 여기까지야, 돼지. 기억하라고. 이제 저녁밥을 가져와."

피곤해서 쉬고 싶었던 선장은, 바지로 가린 캐롤의 얼굴을 한 번 더 때린 뒤에 자리를 떠났다. 냉정한 돼지는 얼굴이 가려져 있었던 것에 감사했다. 우주에서 캐롤은 한 번도 운 적이 없었다. 사실 마지막으로 운 것도 꽤 오래전 일이었다. 캐롤은 옷을 입기 전에 쓰레기통을 뒤져 수첩을 찾아서 다른 주머니에 넣었다.

"돼지!" 선장은 잠시 캐롤이 죽지나 않았는지 신경 쓰는 것 같았다. "음식 가져와."

"예, 알겠습니다."

이제 이성을 거의 상실한 캐롤은 미소를 짓고 있었다. 얼굴은 피가 묻어 배로 흉측해졌다. 캐롤은 여느 때와 다름없이 효율적인 동작으로 매끄럽게 명령을 따랐다. 잠에서 깬 램은 호기심이 어린 표정으로 캐롤을 바라보았다. 캐롤은 무슨 일이 있었는지 설명하지 않았다. 무엇을 먹고 싶은지 묻기만 했다.

그 저녁 식사는 맛이 특히 좋았다. 캐롤은 조심스럽게 간직해두었던 양념을 조금 써서, 그것과 함께 간직해두었던 또 다른 '특별한' 재료의 맛을 전혀 느끼지 못하도록 했다. 오래전 응급의학 수업에서 그 특별한 재료에 아무 맛이 없다는 사실을 이미 배워 알고 있었지만 말이다.

캐롤의 선택을 보면 얼마나 제정신이 아니었는지 확실히 알 수 있었다. 캐롤에게는 다른 선택을 할 능력도 충분히 있었기 때문이다. 두 사람 모두에게, 먹고 나면 다시는 깨어날 수 없을 식사를 가져다줄 수도 있었다. 사실은, 램에게는 그런 식사를 주었다. 늘 최소한의 존중은 해주던 사람이었기 때문이었다. 하지만 선장에게 줄 음식은 따로 있었다. 알고 보면 위험천만한 계획이었다. 하지만 냉정한 돼지도 인간이었기 때문에, 벌어질 일들을 선장이 제대로 알기를 바랐다.

마이크 선장은 실컷 먹었다. 성격이 달랐다면, 하필 자신이 제일 좋아하는 음식을 준비하는 친절함, 아니면 고분고분하고 말없이 상냥한 캐롤의 태도를 조금은 의심스러워했을지 모른다. 하지만 선장에게는 그저 아버지의 가르침을 재확인하는 사례일 뿐이었다. 자고로 여자란 손을 봐주어야 하고, 누가 위인지를 알려주어야 하는 생물이었다. 그는 쉰 목소리로 옆 선실 침대에 누운 램에게 그와 같은 내용을 말했다. 딱히 바라지는 않았지만, 램의 대답은 돌아오지 않았다.

선장이 생각했다. 램은 어리고 물러 터진 놈이야. 아직까지도 제 어머니 이야기를 하지. 몸이 좀 회복되면 여자를 다루는 방법을 한두 가지 가르쳐 줘야겠어.

이윽고 선장이 캐롤이 가져온 특별 디저트 위로 고개를 떨구고 꾸벅꾸벅 졸기 시작했다. 캐롤은 약간의 아이러니를 느끼면서 선장이 '취침용' 술병을 그가 좋아하는 곳에 둬서 쉽게 집을 수 있도록 했다. 슬슬 조바심이 났다. 해야 할 일이 많은데 말이다. 기다리면서 캐롤은 선장의 뛰어난 생명력에 감탄할 수밖에 없었다. 웬만한 사람은 바로 기절시킬 용량이 그의 몸에서 효력을 내는 데는 몇 분이나 걸렸다. 선장이 램의 가쁜 숨소리를 들을까 봐 불안해지기 시작했지만, 그런 낌새는 보이지 않았다. 마침내 선장이 캐롤을 노려보면서 "뭐지…?" 하고 외친 뒤, 반쯤 몸을 일으키다가 보기 좋게 탁자 위로 쓰러졌다. 캐롤은 이때 조금 더 조심했어야 했다.

하지만 선장은 의식을 완전히 잃은 상태로 보였다. 귓가에서 손가락을 튕겨 소리를 내보고, 눈꺼풀을 벌린 뒤 소금을 뿌려보아도 반응이 없었으니 말이다. 이제 일을 진행할 수 있었다.

캐롤은 우선 램의 상태를 확인하고 싶었다. 그에게 먹인 물질은 자신이 먹어야 할 때를 대비하여 간직해둔 것이기도 했으니, 복용하면 얼마나 고통스러울지 알아둘 생각이었다.

램은 침대에서 반쯤 빠져나와 있었다. 마지막

발작을 일으키면서 다리가 뻗쳤기 때문이었다. 얼굴은 땀으로 젖어 있었지만 심하게 일그러지지는 않았고, 입에서는 피가 흘러나와 있었다. 살펴보니 거의 잘려 나갈 만큼 혀를 꽉 깨문 상태였다. 하지만 효과가 신속하게 발휘된 것 같았다. 캐롤이 귀를 댔을 때 희미한 마지막 박동이 들린 이후로는 심장도 뛰지 않았다. 캐롤은 마음을 다잡고 그의 얼굴을 닦아준 뒤 눈을 감기고, 부드러운 갈색 머리카락에 잠시 손을 얹었다. 한 번이나마 캐롤을 배려해준 적이 있는 사람이었다.

그리고 캐롤은 신속하고 단호한 몸짓으로 일을 시작했다. 작업 과정에서 메스의 날이 무뎌져서 계속 갈아야 했고, 펜치를 비롯한 각종 도구를 다 동원한 뒤에야(우주복과 산소 튜브가 너무 튼튼했다) 만족할 만한 결과를 얻을 수 있었다. 그다음에는 필요한 물건을 전부 제자리에 묶거나 붙여두었다. 경보장치의 접속도 끊었다. 계획보다 일찍 아수라장이 되는 것을 막기 위해서였다. 작업을 시작한 지 얼마 지나지 않아, 마이크 선장이 의자에서 미끄러져 탁자 아래로 머리가 쿵 떨어지는 바람에 기겁하기도 했다.

힘겹게 떼어 낸 산소통 하나도 탁자 밑을 굴러다니면서 잘라낸 호스의 끝부분이 요동치고 있었다. 그다지 큰 문제는 아닌 것 같아서 내버려두었다. 캐롤은 육중한 밀폐 장치를 해제하느라 바빴다.

그때 조종칸에 있는 기압계 경보음이 요란하게 울렸다. 선장이 그 소리를 듣고 깨어났다.

선장은 몸부림을 치며 뒹굴다가 반쯤 일어서면서 탁자와 의자를 넘어뜨리고, 안간힘을 써서 계속 감기는 눈을 크게 뜨려 했다.

마이크 선장이 소심한 사람이었다면 눈앞에 펼쳐진 광경에 압도되어 앞뒤 가리지 않고 허둥대다가 죽었을 것이다. 선실에는 광풍이 몰아치고 있었다. 종이와 옷가지를 비롯한 물건들이 죄다 그의 곁을 지나쳐서 반쯤 열린 주 출입구 밖으로 빨려 나가고 있었다.

출입구 문이 더 활짝 열렸다. 선장의 눈에 우주복과 헬멧을 착용한 냉정한 돼지의 형체가 큰 원형

출구의 잠금장치를 최대한 연 뒤, 차분하게 고정시키는 광경이 보였다. 공기가 새 나가면서 기압이 떨어지자 경보음이 온 우주선 안에 울려 퍼지고 있었다. 엄청난 굉음이었다. 소리를 전달하는 공기 밀도가 낮아지자 소리 자체도 잦아들었다. 마지막으로 들린 소리는 램의 정찰선에서 들려 오는 가냘픈 삐걱 소리뿐이었다. 그리고 고요해졌다.

캐롤은 선장이 우주복을 먼저 집을지, 아니면 문 쪽에 있는 자신에게 먼저 다가올지 궁금했다.

선장은 산소부족으로 헐떡이면서도 반사적으로 반응하여, 바깥으로 빨려 나가는 압력 때문에 뒤쪽 벽에 수직으로 팽팽하게 매달려 있는 우주복을 향해 움직였다. 부츠 한쪽은 이미 출구 밖으로 굴러 나갔지만 어쨌든 헬멧은 제자리에 있었다. 캐롤에게 그토록 오랜 준비 시간이 필요했던 것도 비상용 우주복이 캘거리 호 전체에 비치되어 있었기 때문이었다.

선장은 벽면에 매달린 우주복에 반쯤 다가간 뒤에야 호스가 잘린 것을 보았다. 그는 헬멧을 잡는 순간 무릎을 꺾으며 끙끙거렸다. 사실 선장이 고함을 지르고 있었는지도 모르겠지만, 공기가 소리를 전달할 수 없을 만큼 희박해졌기 때문에 알 수는 없었다. 마이크 선장은 헬멧을 쓸 수도 없었고 쓰지도 않았다. 죽어가는 눈에도 산소 호스가 깨끗이 잘린 것은 보였다. 아무 데도 연결되어 있지 않았으니 헬멧을 써도 아무 소용이 없었다.

바닥에 쓰러진 마이크 선장은 어쩌면 욕을 쏟아내는 중인 입을 뻐끔거리며 진공에 가까운 공기를 필사적으로 들이마셨다. 결국 그는 탁자 밑으로 몸을 굴려 되돌아갔다. 그의 마지막 몸짓은 힘센 분홍빛 손으로 바닥에 고정된 탁자 다리를 움켜쥐고 출구 밖으로 끌어당기는 힘에 맞서는 것이다. 그는 캐롤이 사망 순간이라고 판단한 마지막 발작 순간까지 그 자리에 매달려 있었다. 캐롤은 선장을 만지고 싶지도, 보고 싶지도 않았기 때문에 제대로 확인하지 않았지만, 움직이는 낌새는 전혀 없었다. 인간은 공기 없이는 살 수 없다. 마이크 선장이라도 그건 안 될 거야, 캐롤이 중얼거렸다.

흥분에 사로잡힌 캐롤은 마이크 선장이 아무짝에도 쓸모없는 헬멧을 쓰지 않았다는 사실에 조금 실망했다. 그 낯짝을 두 번 다시 안 봐도 되었다면 훨씬 좋았을 것이다.

돌풍이 가라앉으면서 출구 방향으로의 인력이 거의 사라졌다. 캐롤은 초조한 마음으로 진공상태를 표시하는 빛이 계기판에서 반짝일 때까지 기다렸다. 다음 일을 시작할 때가 되었다. 램을 먼저 내보내야 했다.

출입구 밖으로는 명멸하는 회색빛이 흘러 지나가고 있었다. 캘거리 호가 휘청거리며 전진하는 와중에 별밭이 스쳐 지나갔다. 전방 시야만이 비교적 또렷했다. 정면에는 정지 상태에 가까운 별들이 있고, 후방에는 한쪽 가장자리에 불길을 두른 어둡고 거대한 천왕성이 보인다는 사실도 알고 있었다. 물론 캐롤은 몸을 내밀어 내다보는 모험 따위는 하지 않았다. 캘거리 호는 행성에서 벌어지는 일들을 전부 관측할 가능성을 높이기 위해, 행성 반대편을 바라보는 방향으로 회전하고 있었다. 미리 계획을 세울 항속시간은 없었지만, 마침 캘거리 호의 궤도는 태양과 인간 남성들의 세계가 천왕성과 거의 일직선을 이루는 위치로 진입하고 있었다.

좋아. 캐롤은 열린 출구 주변에 안전그물을 씌우고, 아직 남아 있는 에어포켓에 주의하면서 램이 누워 있는 칸으로 걸어 들어갔다.

캐롤은 램의 시신이 궤도를 최대한 빨리 벗어나서 천왕성으로 낙하할 수 있도록 JATO(Jet-Assisted Take Off, 분사식 보조 이륙 장치)를 준비해두었다. 소름 끼치는 물체가 캘거리 호 주위를 회전하는, SF 영화에나 나올 법한 일은 만들고 싶지 않았다. 우주선을 몰고 떠나야 하는데 그래서는 정말 곤란했다. 캐롤은 어서 출발하고 싶었고 말이다. 하지만 더 현실적인 고려를 하자면, 이 시신들이 우주 공간에서 우연히 발견되는 일도 없어야 했다. 백만분의 일 확률이겠지만 캐롤은 특이한 일도 가끔은 벌어진다는 사실을 알고 있었다. 램의 시신을 태운 이륙 장치가 천왕성으로 돌진하게 만들고 싶은 충동이 강했지만, 캘거리 호의 진행 방향과 천왕성이 현재 이루는 각도에서는 오히려 감속하도록 설정해야 했다. 그게 가장 효율적이었다.

캐롤은 설정값을 계산하면서 몸을 굽혀 램을 바라보고 있었다. 마이크 선장에게 잡힐 경우를 대비해 챙겨두었던 주사기 총은 한쪽 장갑 속에 숨겨둔 채 꽉 쥐고 있었다. 안전한 곳 어딘가에 내려놓아야 했다.

캐롤이 사물함으로 향하는 순간 무언가가 등 뒤에서 몸을 건드렸다.

공포가 캐롤을 덮쳤다. 뭐지?

팔 하나가 캐롤의 목을 세게 졸랐다.

굵은 팔이 헬멧의 안면판을 스치는 순간, 털 없는 분홍색 피부로 덮인 근육이 보였다.

죽은 사람이 따라온 것이다. 마이크 선장이 캐롤을 죽이려고 살아 돌아왔다. 이 순간에는 캐롤을 죽이고 있었다.

마이크 선장은 맨손으로 캐롤을 때려죽이고 싶었던 게 분명했다. 하지만 쉽지 않은 일이었다. 선장은 한 손으로 절단된 산소 호스 끄트머리를 입에 대고 누르고 있었다. 그런 와중에 압력 우주복을 착용한 캐롤의 몸을 진공 속에서 구타하기란 쉬운 일이 아니었다. 단단한 연결부로 보호된 목은 조르기도 힘들었다. 선장은 캐롤의 산소 호스를 잡아채는 것으로 만족해야 했다. 분풀이를 마음껏 할 수 있을 때까지 캐롤을 살려두려는 의도도 있었을 것이다.

선장의 첫 가격에 캐롤의 몸은 빙글빙글 돌 뻔했지만, 선장이 자신의 다리로 캐롤의 다리를 꽉 감싼 채 단단하게 붙잡고 있었기 때문에 움직이지는 않았다.

냉정한 돼지는 뼛속까지 공포에 사로잡혀 본연의 침착함을 잃었다. 아드레날린이 분출되면서 심장이 멈출 뻔했다.

반사적 행동 외에는 아무것도 할 수가 없었다. 그러나 공포가 낳은 힘과 정확성 덕분에 캐롤이 휘두른 주사기 총은 선장의 몸에 단번에 명중했다. 장갑을 낀 둔한 손가락이 주사기 총 손잡이를 더듬어 찾고 공포에 질린 근육이 불가능한 힘을 발휘하는 그 순간, 구부러지거나 부러질 수도 있고 플라스틱이나 뼈를 찌를 수도 있는 주삿바늘이, 선장이 입고 있던 우주복의 유연한 곳을 뚫고 피부와 복막을 직각으로 관통했다. 주삿바늘은 간과 위를 관통한 뒤 신정맥에 꽂혔다. 너무나 깔끔하게 관통했기 때문에 아무 느낌이 없을 수도 있었다. 마이크 선장은 자기가 이제 정말 죽은 목숨이라는 사실을, 불과 몇 초 후에 죽을 목숨이라는 사실조차 몰랐을 것이다.

그런데, 그 몇 초가 중요했다.

선장이 캐롤의 산소 호스를 찢었기 때문에 공기는 헬멧과 우주복에 들어 있던 소량밖에 남아 있지 않았다. 선장이 팔다리로 꽉 죄고 있기까지 했다. 캐롤은 공포로 숨이 멎은 채 몸을 비트느라 대체 무슨 일이 벌어지고 있는지 파악할 틈이 없었다. 돌아가는 반동 때문에 몸이 반쯤 회전했다. 캐롤은 미친 듯이 몸을 뒤틀어서 마이크 선장이 쥐고 있던 산소탱크와 호스 끝을 겨우 보았다.

안면보호판을 열고, 마이크 선장 손에 있는 산

소 호스를 입에 갖다 대야 한다는 사실을 깨닫기까지 귀중한 시간이 흘러갔다.

선장은 미친 듯이 때리면서 캐롤의 목을 졸라대고 있었지만, 캐롤은 결국 안면판을 열었다. 죽어가는 여자가 이미 죽은 목숨인 남자와 호스 끝을 두고 싸움을 벌였다. 캐롤은 선장의 손가락 하나를 부러뜨리는 데는 성공했지만, 손을 통째로 떼어낼 수는 없었다. 다행히도 독약이 효과를 발휘하고 있었다. 캐롤은 마침내 헬멧을 쓴 머리로 선장의 머리를 들이받아 밀어낸 뒤, 그가 쥐고 있던 호스에서 새어 나오는 공기를 들이마실 수 있었다.

선장은 증오에 찬 최후의 발악으로 산소통을 자신의 손조차 닿지 않는 곳으로 멀찍이 걷어차려고 했다. 하지만 산소통이 캐롤의 몸에 걸리는 바람에 수포로 돌아갔다.

그리고 끝났다. 이제 정말로 끝이 났다. 선장은 램의 침대에 기댄 채 그로테스크한 모습으로 캐롤의 발치에 쓰러져 있었다.

덜덜 떨리는 몸을 진정시키는 데 오랜 시간이

걸렸다. 두 번이나 토해서 몸이 오물 범벅이 되었지만, 호스의 끝이 트여 있었기 때문에 악취를 마시지는 않아도 되었다. 캐롤은 두 번 죽은 이 남자가 혹시라도 움직이거나 숨을 쉬지는 않을까 보고 또 보았다. 거세게 뿜어져 나오고 있는, 너무나 소중한 산소가 떨어질지도 모른다는 공포 덕분에 캐롤은 간신히 이성을 되찾을 수 있었다.

호스를 다시 연결하고 망가진 부분을 교체한 뒤 안면보호판을 닦는 데만도 힘에 부쳤다. 한동안 자신이 토한 오물 속에서 살면서 일해야 하겠으나, 그 정도 업보쯤은 당연하다고 캐롤은 생각했다.

캘거리 호를 다시 밀폐하려면 진공 속에서 해야 할 작업이 너무나 많았다. 선체 내부가 매우 추워지고 있었다.

기지에 메시지도 보내야 했고, 기압을 정상으로 돌려놓기 전에 두 남자의 물건을 다 버리고 싶었다. 쓰레기 배출구 사용을 최소화하기 위해서였다. 시신은 제일 먼저 지금 바로 버려야 했다.

이번에는 램을 먼저 내보낼까 생각할 필요도

없었다. 캐롤은 덜덜 떨리는 손으로 마이크 선장의 다리를 잡아 출구의 JATO로 끌고 갔다. 그가 완전히 배출되지 않고 어딘가에 숨어 있다가 기어서 들어올까 봐 겁이 났다. 몸을 밖으로 내밀어 선장의 시신이 완전히 날아갔는지 확인하고 싶은 마음이 간절했지만, 간신히 참았다. 그래도 우주선 뒤편 출구로 가서 선장을 실은 장치가 별들의 소용돌이 속 작은 점이 되어 사라지는 모습 정도는 지켜보았다.

그다음이 램. 그리고 그들의 소지품 순서였다. 사물함 속 물건, 편지, 구석에 숨겨둔 것들, 벽에 붙은 여자 사진과 근무기록부까지, 옮길 수 있는 것은 모조리 다 밖으로 내보냈다. 물체들은 캘거리 호 주변을 잠시 맴돌다가 이내 사라졌다.

끝으로 캐롤은 차가운 주 출입구의 고정을 풀고 온 힘을 다해 닫았다.

그리고 기압이 정상 수치로 돌아오기도 전에 가장 바라던 바를 실행했다. 캐롤은 앉을 틈도 없이 비상 점화 절차를 가동한 뒤, 주력 추진기 레버를 최대한으로 밀었다. 캘거리 호는 이미 완벽한 각도를 이루고 있었다.

추진력이 부드럽게 증가하자, 캘거리 호는 천왕성 궤도를 벗어나 최고 가속도로 태양에서 멀어지기 시작했다. 등 뒤로 태양계를 밀어내고 인류를 벗어나는 방향으로, 닿을 수 없는 별들과 텅 빈 우주를 향해서.

이제 기지에 메시지를 보낼 차례였다.

캐롤은 최대 출력의 송신기를 켜고 우주복 마이크를 꽂았다. 그리고 냉정한 돼지 생애 최초이자 마지막으로, 문학적이고 극적인 연기를 해냈다. 앞서 언급했지만, 캐롤도 결국 인간이었다.

우선 캐롤은 캘거리 호의 네 정찰선을 호출해서 비상 신호를 보냈다. 그리고 진짜처럼 숨을 헐떡이면서 말했다. "모든 정찰선은 캘거리 호로 귀환을 시도하지 말라. 반복한다. 캘거리 호로 귀환하지 말라. 위치에는 아무것도 없다. 처칠 호로 향하라. 아, 칼훈 호가 더 가까울 수도 있다…. 반복한다. 캘거리 호는 위치에 있지 않다. 귀환을 시도

하지 말라. 나는 다쳤고, 귀환 절차를 시도할 것이다. 우주선에는 피가 낭자하다. 마이크 선장이 자해 뒤 사망했다. 도널드 램 소위도 총상으로 사망했다. 마이크 선장이 발포했다···. 두 시신 모두 우주 공간으로 사라졌다. 마이크 선장이 램을 쏜 뒤, 주 출입구 잠금을 해제했다. 선장은 램의 시신을 끌어낸 뒤에, 나가기 전에 자신의 복부에 대고 총을 쐈다. 사건의 발단은 다음과 같다···. 마이크 선장이 '캘거리 호가 눈에 보이지 않는 적군 기지에 도킹했다'면서 출구를 열라고 명령하자 램이 제지하려고 했다···."

여기서 캐롤은 부드럽고 다급하게 서서히 잦아드는 목소리로, 하지만 분명하게, 정말 분명하게 말했다. "선장은 램이 외계인일지도 모른다면서 총을 쏘았다. 선장은 사흘 동안 총을 들고 다녔는데, 잘 때도 곁에 두었다···. 선장은 냉혹하게 내가 옷을 벗도록 한 다음 조리실 기둥에 묶었지만, 램이 나에게 헬멧과 산소통을 던져주었다···. 하지만 몸에 총상을··· 입었고 어제부터 캘거리 호를 빼앗길까 봐… 마이크 선장이 탈출 프로토콜을 가동했다. 컴퓨터를 부수고… 춥다… 송…신… 끝… 다시 시도해볼…." 그러고는 아주 약하게, "반복하지… 돌아오지 말라…."

캐롤은 죽어가는 소리를 몇 차례 더 낸 뒤 마이크로폰 선을 뽑고 송신기를 켠 채 내버려두었다. 목소리로 작동하는 기계라 전력 손실은 없겠지만, 행여나 공기가 다시 찼을 때 소리가 안 나도록 거듭 주의해야 했다.

그 뒤에는 우주선을 주의 깊게 둘러보면서 공기를 아낄 수 있도록 필수적인 생활공간 외에는 모두 차단한 뒤, 주 순환 장치를 가동해서 공기가 돌아오게 했다.

마지막으로, 항해기록 테이프를 더듬어서 꺼낸 것처럼 보이게 당겨 빼낸 뒤, 마이크 선장과 말다툼이 시작된 시점 이전까지의 분량을 조심스럽게 뜯어냈다. 서툴게 풀어놓으면 그냥 찢은 것처럼 보이리라. 기지에서 입수하면 조작 여부를 조사할 것이 분명했다. 더욱 그럴듯하게 보이도록 만들기 위해 마이크 선장이 때려서 생긴 얼굴의 상처를 다시 헤집은 다음, 선혈을 기록 카세트와 밀폐용기에 칠했다. 이 밀폐용기를 벽의 구멍에 넣으면 전원이 켜진 뒤에, 기지로 신호를 보내는 통신관에 실려 날아갈 것이다. 캐롤은 장치를 발사했다.

캘거리 호가 수행했던 탐사 임무 데이터는 언젠가 기지 근처에 도착한 뒤 위치 탐지 신호를 보낼 것이다. 그 정도의 빚은 남자들의 세계에 지고 있었다. 딱 그만큼일 뿐, 더 이상은 아니었다.

기압이 점차 증가하고 있었다. 아직은 공기가 새는 곳이 없었지만, 우주복을 벗어도 될 만큼 안전하지는 않았다. 캐롤은 계기판을 다시 점검한 뒤, 천왕성과 태양이 우주선 뒤쪽으로 작아지고 있는지 확인하고, 점화 장치가 한 시간 후에 꺼지도록 설정했다. 연료가 그때까지 남아 있을 때의 이야기지만.

그리고 캐롤은 거추장스러운 우주복을 입고 부조종사 좌석에 앉아 더러워진 우주복 헬멧에 머리를 기댄 채, 긴장을 풀고 의식을 잃었다. 깨어날 무

렵이면 발신기를 꺼도 될 만큼 먼 곳에 가 있을 것
이다.

　캐롤은 제국을 향하고 있었다. 캐롤의 이성이
그 제국의 이름을 확인시켜주었다. 그 이름은 죽음
이었다.

2

정신이 다시 들고 보니 캘거리 호의 주 점화 장
치가 꺼져 있었다. 연료가 다 떨어졌나? 계기판을
보고 확인했지만, 아니었다. 연료는 아직 남아 있
었다. 눈코입은 모두 바짝 말랐고, 선실 내 기압은
정상으로 돌아와 있었다.

캐롤은 감사한 마음으로 안면판을 연 뒤, 마이
크 선장의 공격으로부터 목숨을 구해준 묵직한 헬
멧을 풀어 벗었다. 그리고 스스로에게 말했다. 그
런 건 생각하지 말자. 두 번 다시는. 두 번 다시는
남자들에 대한 기억으로 괴로워 말자. 굶주린 데다

가 탈수 상태에 있고, 몸이 더럽다는 사실을 생각해야지.

캐롤은 주스와 물을 번갈아 들이켜면서 위치를 확인했다. 아주 오래 정신을 잃고 있던 것이 분명했다. 해왕성 궤도를 넘어간 상태였다. 아직도 조금은 가속이 붙고 있었다. 태양의 중력장을 더 벗어날 때까지 동력을 보존해야 했다. 이미 멀리까지 왔으니 다행이었다.

캐롤은 우주복을 벗은 뒤 최소한만 씻었다. 치울 것이 정말 많았다. 하지만 먼저 보급품부터 점검해야 했다. 생명줄이었으니 말이다.

캐롤은 이미 오래전에, 캘거리 호라면 지구 시간으로 100일에서 150일 사이를 버틸 수 있을 거라고 대충 계산해두었다.

음식은 문제없었다. 건조식량은 남자 여섯 명을 더한다 해도 1년을 먹기에 충분했다.

물 문제는 좀 더 심각했다. 하지만 정수 장치는 잘 작동하는 신품이었고, 탱크마다 물이 가득 차 있었다. 남자들의 신장과 방광을 통과한 H_2O를 남은 생애 동안 마셔야 한다는 생각이 문득 머리를 스쳤다. 하지만 고향인 지구의 인간들에게는 거부 감을 느낄 만한 문제가 아니었다. 캐롤 자신도 평생 재생되지 않은 물은 몇 번밖에 마셔본 적이 없었다. 원양에서 끌어다가 염분을 제거한 물이었다. 얼음 소행성들을 지구로 수송하는 것은 기지의 일상 업무 중 하나였다.

캘거리 호에는 공기 손실만 너무 크지 않다면 선내로 들여올 수 있는 작은 생수원도 있었다. 선체에 접근한 깨끗한 얼음 암석을 선체 외부에 묶어두었던 것이다.

캐롤은 산소량 계산을 잠시 미루고 여태껏 한 번도 착석 허가를 받아본 적이 없던 주 조종석에 앉아 계기판을 살펴보다가, 위쪽에서 반짝이는 묘한 빛을 발견했다. 캐롤은 천장에 무엇이 숨겨져 있는지 살펴보려고 자리에서 일어났다. 위장 렌즈였다.

발견된 것은 우주선마다 몰래 설치해둔 감시카메라와 녹음기였다. 카메라 가장자리에 드라이버를 대고 귀를 붙이자, 뭔가가 돌아가는 소리가 희미하게 들렸다. 벽 속 어딘가에서 테이프가 돌고 있었다. 이 테이프에는 캘거리 호에서 실제 벌어진 일들이 기록되어 있을 것이 분명했다. 어안렌즈는 캐롤의 현재 경로와 위치를 기록할 수 있는 각도로 설치되어 있었다.

기지에서 들었던 이야기와 받았던 훈련 내용을 조합해보면, 현재는 그 데이터가 송신되지 않고 있음을 알 수 있었다. 이 감시장치들은 주요 데이터를 초압축한 뒤에, 꽤 긴 무작위 간격으로 송출한다고 누군가 말했었다. 세부 기록은 캘거리 호가 인간의 손에 돌아간 후에야 읽을 수 있다.

그러려면 나를 먼저 잡아야 하지. 캐롤이 갈라터진 입술로 험악한 미소를 지었다.

혹시 기절해 있는 동안에 데이터를 보낸 것은 아닐까? 아니면, 그보다도 전에 보냈던 것 아닐까. 알 길이 없었다. 그렇다 쳐도, 범죄 목록에 항목 하나가 추가될 뿐이다. 아니면 좋고.

벽을 부수지 않고 최종 경보를 전송하지 못하게

하면서 감시장치를 끌 방법이 뭘까. 분명 다른 사람들이 벌써 시도해보았을 거야. 캐롤은 장치를 부숴버리고 싶은 충동을 누르면서 곰곰이 생각했다.

일단 테이프를 붙여 렌즈를 가렸다. 그리고 잠깐 더 생각한 다음 수색을 계속했다. 이제는 무엇을 찾아야 할지 분명히 알고 있었기에 어쩌면 주 장치일지도 모를 백업 장치를 발견했다. 생각보다 훨씬 교묘하게 숨겨져 있었다. 캐롤은 테이프를 붙이다가 렌즈를 가리는 행동 자체가 데이터 전송 프로토콜을 가동시킬지도 모른다는 점을 뒤늦게 깨달았다. 글쎄, 이제 어쩌겠어. 어쨌든 이제 감시받는 느낌은 없었다. 사실 새롭고 신기한 감각이었다. 모든 사람이 비밀리에 관찰당하고 있다는 점을 당연하게 받아들였기 때문이다. 경솔한 이들은 아무도 모르는 어딘가에 읽지도 않은 감시 데이터가 소행성 하나 분량으로 산더미처럼 쌓여 있을지도 모른다고 농담했었다.

캐롤은 편안한 조종석에 등을 기대고 폭 파묻혔다. 세 번째 감시장치까지 있다면 잘해보라고 하지 뭐.

자, 이제 문제는 산소.

두 남자를 없애느라 우주선 하나 분량의 공기를 잃기 전에도 산소 상태는 이미 좋지 않았다. 캘거리 호는 구식 재생장치를 사용하고 있어서 외부 태양 빛이 어느 정도 필요했다. 천왕성 궤도의 약한 태양 빛으로는 부족했다. 생체공학 부속이 망가진 데다가, 재생기의 수명까지 거의 다 된 상태였다.

이 점은 그러니까…, 일이 벌어지기 전부터 잘 알고 있었다. 우주선은 반극성의 반궤도를 구축해서 그늘 체류 시간을 줄이도록 설정되어 있었다. 천왕성이 태양 궤도면에 대해 거의 '누운' 방향으로 자전하고 있었기 때문에, 받을 수 있는 빛을 극대화하기 위해서였다. 칼훈 호는 비상시에 산소 및 산소 재생기를 공급할 수 있도록 최대한 먼 거리의 접선 위치에서 대기하고 있었다. 확보된 얼음 암석은 예상되는 공기 손실을 고려하면 비효율적이었기 때문에 다른 암석을 찾는 중이었다. 하지만 이런 성격의 일들이 대체로 그렇듯 위기까지는 아니고 불편할 가능성이 있을 뿐이다.

이제는 차가운 진공상태가 시스템에 무슨 영향을 주었는지 확인할 때였다. 생각하기조차 겁났지만, 가까스로 확인할 수 있었다. 그래, 피해가 있었다. 광합성판의 가장자리가 갈색으로 변해 있었다. 하지만 우려와 달리 전멸한 상태는 아니었다. 광합성판은 캐롤의 몸에서 배출되는 이산화탄소를 일부 처리해줄 것이고, 비상등을 조금 손보면 처리 용량을 늘리는 것도 가능했다. 캐롤은 우주복 탱크 수를 세고 또 센 뒤, 우주선에 비축된 압축산소의 총량을 확인했다.

어림잡아 계산해두었던 결과와 놀랄 만큼 가까운 값이 나왔다. 산소는 최대 140일, 10주를 버틸 수 있는 분량이었다. 현실적으로는 공기 중에 누적된 이산화탄소가 고갈되기 전에 이미 심각한 증세가 야기될 가능성이 컸다. 혹시라도 도움을 얻을 수 있다면 모르지만.

광합성에 딱 맞는 파장의 빛을 총동원해 산소 재생판에 공급하는 일이 급선무였다. 캐롤은 필터와 전선들을 정리하고 광합성판이 소화할 수 있는 최대량의 빛을 받을 때까지 우주선 내부에 있던 등이란 등은 전부 뽑아다가 설치했다. 죽어버린 광합성판 두 장을 살려볼 요량으로, 이미 오래전에 죽었을 듯한 '씨앗' 꾸러미도 찾아 심었다.

이 일을 마치는 데 몇 시간, 어쩌면 며칠이 걸렸다. 캐롤은 꼭 먹고 마실 필요가 있을 때만 일을 쉬었다. 광합성판이 크고 무거웠던 데다가 몸까지 쑤셨다. 그래도 기쁘기만 했다. 완벽한 자유를 누리는 기쁨. 몇 년 만에 처음으로 감독받지 않은 채 홀로 있다는 기쁨이었다. 하지만 그보다 더 기쁜 것은, 평생 최초로 영원한 자유를 누리게 되었으며, 자신에게만 의존하면 된다는 사실이었다. 캐롤은 홀로 자유롭게, 사랑하는 별들 사이에 있었다.

일이 끝났다. 청소까지 하기에는 몸이 너무 피곤했기 때문에, 간단히 씻은 뒤에 차가운 음식을 들고 조종석에 푹 파묻혔다. 캐롤은 밥을 먹으면서 자이로안정기가 장착된 망원경을 통해 정면의 별밭을 바라보곤 했다.

여전히 무언가 부족했다. 캐롤은 세상 전부를

다 갖고 싶었다. 무중력 상태에서 쇠약해지는 마당에 두려울 일이 뭐가 있다는 말인가?

캐롤은 계획을 세우며 커다란 조종석에서 잠에 빠져들었다.

이후 지구 시간으로 이틀 동안, 캐롤은 주요 업무를 보는 틈틈이 우주선 안을 치웠다. 주요 업무란 캘거리 호에 '중력'을 만들던 회전을 멈추는 작업이었다. 캐롤은 가능한 한 동력을 적게 쓰려고 주의를 기울이면서, 최소한의 추진력으로 최대 효과를 내려 했다.

바깥에서는 영원한 밤을 배경으로 빠르게 흐르는 별들이 회색빛의 너울을 이루다가, 빙빙 도는 선들로 바뀌고, 그것도 점점 짧아지다가 흔들림을 멈추고 빛의 토막들로 응축되고 있었다.

캐롤의 손놀림은 칼같이 정확했다. 마지막에는 제동을 걸 필요조차 없었다. 빛무리와 토막 빛들이 축소되면서 환해졌다. 그러던 중 덜컹하는 느낌이 왔다. 됐다! 오색으로 빛나는 별들, 어둡거나 환한 성운들, 은하계들, 한 겹 너머 또 다른 겹이 등장하는 장엄한 우주가 보였다.

캐롤은 우주선을 돌면서 바깥이 내다보이는 창의 스크린을 모두 올렸다. 캘거리 호에는 창이 많았다. 눈으로 바깥을 내다보는 것이 인간에게 아직 중요했던 시절에 설계된 기종이기 때문이었다. 본래는 화성을 오가며 동체 착륙을 하도록 설계되어, 심지어 수납식 날개까지 달려 있었다. 얼마나 오래 안 썼는지는 아무도 몰랐지만.

중력이 모두 꺼진 뒤 물건들이 떠다니기 시작하자 치울 게 훨씬 많아졌다. 하지만 캐롤은 창문 앞을 지날 때마다 멈춰 서서, 모든 방향에서 보이는 경이롭고 아름다운 광경을 조용히 감상했다. 비트렉스 창에 비친 흉한 얼굴이 눈에 거슬렸다. 캐롤은 마지막까지 켜두었던 조명을 다 끄고, 우주의 어둠 속에서 빛나는 별빛들을 캘거리 호에 주워 담았다.

캘거리 호 앞쪽에는 거의 아무것도 없었다. 캐롤은 은하계의 북쪽, 별들이 비교적 드물고 멀찍이 떨어져 있는 곳으로, 성운 조각을 비롯해 어떤 물체라도 수백 광년 멀리 떨어져 있는 방향으로 순항하고 있었다. 별다른 문제는 없었다. 생애의 마지막 나날은 별들을 탐구하며 보내고 싶었다. 전방의 탐지 장치를 거의 다 끈 다음, 캐롤은 주변을 둘러싼 놀랍고 풍성한 별밭 속에 빠져들었다.

무중력 상태는 전혀 불편하지 않았다. 캐롤은 자유낙하 상태나 다름없는 특이한 조건에서 변함없는 삶의 기쁨을 누릴 수 있는 극소수의 사람 중 하나였다. 도구 상자를 열 때 물건들이 튀어나와 걸리적거려도 마냥 즐거웠다. 캘거리 호에는 무중력 상태에서의 생활을 염두에 두고 설계된 보조 장치들이 많았다. 구식이지만 하나같이 기발했다. 캐롤은 몸이 치유되는 동안 아무런 압박감 없는 자유를 느낄 수 있어 행복했다.

모선에 딸린 편의 시설은 하나같이 고마웠다. 사실 모선을 훔칠 마음은 전혀 없었다. 마이크 선장이 내주지 않았던 작은 정찰선 하나면 충분했다. 천왕성 탐사는 캐롤이 승선 허가를 받을 수 있을 최대 거리의 비행이었다. 램의 골반 골절은 순전히 운이 따라준 사건이었다. 사실 캐롤은 마지막 조종사를 못 움직이게 하는 가장 인간적인 방식이 무엇일지 고민하던 참이었다. 그래야 규정에 보장된 대로 마지막 정찰선을 맡을 수 있을 것이기 때문이었다. 작은 캡슐은 불편하고 간단한 비행 보조 장치보다 나을 것이 없었지만, 탈출용으로 쓰기에는 충분했다. 기지 입장에서도 되찾으려고 추격할 만한 가치가 없었을 테고.

탈출만이 캐롤의 간절한 바람이었다. 태양계 외곽의 오르트 구름을 넘어, 바깥으로, 영영 저 바깥으로 가고 싶었다. 살아남아서 '잠든 혜성'을 발견할 수 있을 만큼 운이 따를까? 최대 가속력으로 태양과 남자들의 세계에서 벗어나서 자유롭게, 자유 속에서 죽음을 맞이하며 찰나에 숨을 멈추고 싶었다. 하지만 몸만큼은 자유로운 비행을 계속할 것이다. 어떤 남자도 인간도 추격하지도, 손을 대지도, 캐롤의 존재를 알지도 못하도록.

별들 사이로 탈출해서 삶을 마감하는 것. 캐롤이 이성을 잃지 않고 꿈꾸며 일하고 인내했던 유일한 목표였다.

아니다. 사실 꼭 그런 것만도 아니었다.

캐롤이 늘 이성적이지는 않았다. 더 정확히 말하면 본심만큼은 한 번도 '이성적'인 때가 없었다. 캐롤이 '제국'이라고 줄여서 부르던 것이 늘 있었다.

캐롤에게 완벽한 비밀이 하나 있었다는 점은 앞에서 말했다. 우주선을 하나 훔쳐서 몰고 나간 뒤 죽겠다고 계획했다는 점은 물론 비밀로 유지했다. 하지만 그게 캐롤의 진정한 비밀은 아니었고, 그 정도는 특별하다고 할 수도 없었다. 이미 많은 사람이 남성의 세계에서 중압감을 느끼고, 정신이 나간 상태에서 죽음을 향한 비행을 시도했다. 그로 인한 귀중한 장비 손실은 어쩌다 한 번 언급되었지만 엄청난 힐난을 받았다. 운영자들이 우주 공간에서 벌어지는 일들을 끝없이 감시하고 시험하며 재검토하는 이유였다. 하지만 이 계획은 캐롤의 특별한 비밀이 아니었다.

비밀은 '제국'이었다. 돼지들의 제국.

제국은 캐롤에게 전부이자 사실 아무것도 아니

었다. 기본적으로는 머릿속에서 계속 들리는 목소리가 꾸며낸 이야기일 뿐이었다. 이 목소리는 기억도 나지 않는 때부터 들리기 시작한 뒤로 멈춘 적이 없었다. 캐롤은 그 목소리 덕분에 초인적으로 멀쩡하게 행동하며, 견딜 수 없는 스트레스 속에서도 흔들림 없는 인내심을 유지할 수 있었다. 그 목소리는 캐롤이 비범한 능력과 이성으로 일해낼 수 있도록 한 광기의 근원이었다. 이 사실을 알거나 의심하는 사람은 아무도 없었다.

최면요법과 자백 약물을 총동원한 심리학자들의 비행 전 테스트, 약물을 투입해 이완된 상태에서 혼자 있는 시간을 지켜보았던 한 달 동안의 비밀 감시, 가장 교묘한 인간적인 공감 표현과 칭찬들은 많은 사람이 굳게 지켜오던 비밀을 실토시켰지만, 그중 어느 것도 캐롤의 입을 열게 하지는 못했다. 캐롤의 비밀은 의심받지 않았고, 다른 인간들은 낌새조차 못 느꼈다.

캐롤은 어린 시절, 심리학에서 인정받지 못한 연구들을 공부할 기회가 있었다. 가장 알고 싶었던 내용은, 머릿속에서 들리는 목소리가 정신이상의 증거가 될 수 있는지의 여부였다. 비록 캐롤 자신은 본인이 미쳤다고 인정하지 않았지만 말이다. 어쩌면 캐롤의 무의식만큼은 그 점을 인정하고 있었기 때문에 비밀을 더 깊이 묻어버렸는지도 몰랐다. 캐롤은 매사에 그렇듯이 자신에게 허락된 짧은 시간 동안 효율적으로 열심히 공부했다. 이렇게 획득한 지식은 후에 정신적 탄압을 물리치고 자신을 농락했던 이들마저 흡족하게 만드는 데 쓰였다.

이야기는 아주 어린 시절에 시작되었다.

캐롤은 돼지처럼 생겼다는 말을 줄곧 들었다. 하루는 우등생들에 대한 포상으로 시내 동물원에 가게 되었다. 캐롤은 거기서 진짜 돼지를 처음으로 보았다. 거대한 멧돼지 암컷이었다. 캐롤은 멧돼지 우리 앞에서 머뭇대면서, 앞에 붙어 있는 설명을 한마디도 빼놓지 않고 읽었다. 그 설명에 따르면, 돼지들은 대단히 영리했고 본성상 깔끔했다. 이 시점부터 캐롤의 작은 머릿속에서는 돼지제국 이야기가 시작되었다.

이 제국은 지구상에서 아주 먼 곳, 어쩌면 시카고의 채굴장보다도 먼 곳에 있었다. 처음에는 캐롤과 똑같이 생긴 제국 사람들이 함께 어울려 행복하게 살았다. '코범벅'으로 불리던 시절 캐롤은 아무리 피곤해도 하룻밤도 거르지 않고, 짧은 순간이나마 제국에서 시간을 보내곤 했다. 그런 각각의 순간들이 만족스러운 일화나 사건이 되기까지는 여러 달이 걸렸다.

이야기 속에서 캐롤은 자신을 '돼지인간'이라고 불렀다. 이야기를 만들어가던 시절 초반에 그 내용이 조금 바뀌었다. 변경된 대목은, 지구 인간들의 세계로 잠시 추방되면서 캐롤 자신의 외모를 돼지처럼 바꾸는 수술을 받기로 자원했다는 내용이었다.

그러던 어느 날, 별들에 대해 공부하는 수업이 있었다. 교실 바로 그 자리에서 조용한 깨달음을 얻은 캐롤은 제국을 지구 바깥으로 영영 옮겨버렸다. 목소리가 들리기 시작한 것도 그 무렵이었던 것 같다. 굳이 확인하지는 않았다. 당시에는 주의가 흐트러질까 봐 두려웠기 때문에 깊이 생각할 수가 없었다.

하지만 그날 밤, 별들 속에 있는 제국을 떠올리자 흥분이 피로를 이겼다. 비교적 잠잠해진 기숙사에서, 캐롤은 별 또는 무엇인가가 매우 희미하지만 분명하게 "맞아요."라고 말하는 소리를 들었다.

그리고 잠에 빠져들었다.

캐롤을 별들로 이끈 이 변화는 제국의 물리적 실체에 전혀 새로운 차원을 열어주었다. 캐롤은 제국에서의 삶과 훗날 귀환한 뒤에 누리게 될 기쁨을 묘사하는 이야기들을 새롭고 감미롭게 꾸며내며 다듬는 일에 푹 빠졌다.

어느 고요한 밤, 목소리가 더 크게 말했다. "이리 와요."

캐롤은 이런 일들을 담담하고 기쁜 마음으로 받아들였다. 물론 그곳으로 갈 것이다. 그때조차 마음 한구석에서는 귀환이 삶의 끝이라는 점을 너무나 잘 알고 있었다. 걱정은 되지 않았다. 죽음은 코범벅의 세계에서는 드문 사건이 아니었다.

이야기는 머지않아 고도로 복잡하고 정교한 형

태를 갖추면서, 다듬지 않고 내버려둔 번외편들로 가지치기해갔다. 해가 지나면서 이야기의 내용도 많이 수정되었다.

초기에 말 그대로 돼지의 형상을 했던 사람들은 이후 다소 흐릿한 모습으로 변했지만, 그들이 실제로 존재한다는 점은 변함없었다. 어느 단계에서는 이 사람들이 성별 자체를 상실했다. 이야기가 이쯤 되었을 무렵, 추방 사유가 모호했던 캐롤은 신나는 임무를 맡은 스파이가 되었다. 지구에 있는 진짜 돼지들은 임무에 실패한 스파이거나 권력자에게 처벌받는 사람들이었다. 어떤 에피소드에서는 돼지인간이 이들을 구해낸 뒤 본래 모습을 되찾도록 도와주기도 했다. '돼지(pig)'는 다른 말의 줄임말이기도 했다. 캐롤 자신 외에는 아무도 쓰진 않았지만, '위대함을 갖춘 사람(Persons in Greatness)'이라는 뜻이었다. 캐롤이 나이를 먹어감에 따라 이야기들 중 한 갈래가 비중이 점점 커졌다. 제목도 있었다. '돼지인간의 지구 탐험(또는 보고서).'

이 복잡한 활동은 캐롤의 머릿속 깊은 곳을 부산하게 만들었지만, 학습과 업무에는 전혀 방해되지 않았다.

우주비행을 시작했을 무렵, 이야기들의 전형적 도입부는 다음과 같았다. (이 에피소드에서 캐롤은 일단 스파이는 아니었고, 난파를 겪은 뒤 무사 귀환하는 여행자였다.)

오늘 돼지인간은 다리를 두 번 벌려, 두 인간 남성에게 특징적인, 단단하게 돌출된 살점을 받아들이는 편이 차라리 낫겠다고 판단했다. 한 인간은 그 과정에서 얼굴을 가릴 것을 요청했기 때문에, 돼지인간은 속옷을 활용해 가면을 만들었다(인간 남녀의 복장에 대해서는 주석을 참고할 것). 이 인간은 흡족해 보였다. 그 점이 중요했다. 그는 이 비행이 끝나고 귀환한 뒤 인사과 직원으로 승진해서 돼지인간이 인간형 우주선을 다루는 기술을 더 배울 수 있도록 도와줄 것이기 때문이다. 돼지인간은 가면을 만들 재료를 확보해가면서, 진짜 가면을 만드는 기술을 머릿속에 기록해두었다.

가면은 형태가 다양할수록 좋았다. 제국에 있는 친구들은, 몇몇 인간들이 불쌍하게도 캐롤의 잘생긴 돼지 얼굴을 보는 동안에는 그 우스꽝스러운 신체 부위를 단단하게 유지할 수 없다는 사실에 재미있어 할 것이다! 하지만 재미는 재미일 뿐이었다. 돼지인간은 이 모든 정보가 쓸모없게 되기 전에 제국으로 귀환하도록 온 힘을 기울여야 할 것이다.

냉정한 돼지의 머릿속 목소리는 밤마다, 나쁜 시기에는 시간마다 붉게 빛나는 머릿속에서 고요히 그런 진실을 소곤거렸다.

혹시 캐롤 자신의 목소리였을까?

대개는 그랬다. 캐롤은 이 목소리를 빌려, 감당할 수 없는 온갖 모욕과 고통을 '웃긴' 이야기들로 바꾸었다.

하지만 또 다른 진짜 목소리가 있었다. 중심이 되는 목소리가.

그 목소리는 늘 '언어로' 말하지는 않았다. 그 목소리는 처음에도 그렇고 그 이후로도 '느낌으로'

말했다. 이런 느낌은 그 목소리가 응원하면서 듣고 있다는 감각이기도 했고, 때로는 가청 범위를 넘어 차분하고 유창한 대답이 돌아오기도 했다.

하지만 처음 몇 년 동안 캐롤이 돼지 제국에서 살고 겪은 사건들을 생각해내서 자신에게 들려주다 보니, 그 목소리가 캐롤 자신의 목소리와 점점 더 뒤섞였다. 가끔 내면이 조용할 때면 목소리가 혼자 중얼거리기도 했다. 대개는 무슨 말을 하고 있는지 분명치 않았다. 아주 드문 일이었지만, 더없이 또렷할 때도 있었다. 예를 들면, 수많은 학력 평가 시험들을 치는 도중, 네 번에 걸쳐 정답을 알려주었던 것이다.

분명 목소리가 알려주었던 답은 캐롤이 실제로 알고 있었지만 피곤해서 잠시 잊었던 내용일 뿐이었을 것이다. 그래서 캐롤은 무의식적으로 안심할 수 있었다. 목소리는 광기의 징표는 아니었다. 책에서 본 표현을 빌리면, 기억이 마치 외부에서 들어 오는 것처럼 스스로에게 '투사'한 결과물일 따름이었다.

이와 같은 투사는 극도의 스트레스 상황에서는

드물지 않다는 사실도 배웠다. 꿈에서도 나타날 수 있었다.

목소리가 새로운 아이디어를 제공하고 제국의 세부 사항에 살을 붙여나갔지만, 캐롤이 읽은 책에서 많은 창조자와 예술가, 그리고 작가들은 자신의 영감을 외부에 있는 '뮤즈'로 투사한다고 적고 있었다. 그중에서도 보통 평범한 축에 드는 사람들마저도 그랬다.

캐롤은 일반적인 척도로는 완벽히 '비창조적'이었다. 비운영계급에서는 바람직하고 필수적이기까지 한 인성 결함이었다. 캐롤의 비밀스러운 제국 이야기와 목소리는 타고난 '창조력'이 다행스럽게도 사적인 형태로 분출되는 현상인 것이 분명했다.

캐롤은 비창조력 테스트에 적합한 답과 태도를 모두 외워두려 애를 쓰면서 비밀을 한층 더 꼭꼭 숨겨두었다.

게다가, 목소리가 완전히 새로운 정보를 주는 일은 드물었다. 몇 번은 캐롤에게 무슨 말인가를 해주려고 제국에서 끌어당기는 듯한 느낌이 있기는 했다. 정확히 무슨 내용을 알려주려는지 확신할 수는 없었지만, 파란빛이 감도는 라벤더 색깔로 빛나는 거대한 시각적 이미지가 몇 번 남았고, 한번은 아주 선명한 회색 손이 보인 적도 있었다. 그 손은 천 뭉치를 쥐고 무언가를 하고 있었다. 별 의미 없는 환상이었지만.

다만, 무어라 설명할 수 없는 개인적 느낌이 '전송'되었다는 사실은 의미심장했다. 목소리는 캐롤을 알고 있었다. 그리고 가끔 반복해 말했다. "이리 와요."

두 번은 아주 분명하게 말했다. "기다리고 있어요."

캐롤은 이와 같은 환상들이 전부 우주 때문에 생겨났다고 확신했다. 글쎄, 우주로 가는 것이 유일한 소망이었으니 말이다. 걱정할 문제는 아니었다. 마찬가지로 투사일 뿐이겠지.

"갈게요. 갈게요. 갈게요. 갈게요…. 돼지인간은 별로 갈게요." 캐롤이 목소리에 대답했다. "돼지인간은 별들 속에서 최후를 맞을 거예요. 곧, 머지않아서."

3

이제 캘거리 호에서 삶의 마지막 나날들을 맞게 된 캐롤은, 아니면 목소리는, 여느 때처럼 막 벌어진 일들을 간단명료하게 설명할 수 있는 이야기를 만들어냈다. 하지만 설명에 쓰인 단어들이 매우 달랐다. 단호하고 무미건조하지만 차마 말로 표현할 수 없는 슬픔이 깃들었던 어조가 사라졌고, 견딜 수 없는 일들에 대한 짤막한 보고 또한 사라졌다. 캐롤은 여전히 '돼지인간'으로 말하고 있었지만, 이제 그 돼지인간은 마침내 자유와 기쁨을 얻고 별들로 향하는 길로 들어섰다. 캐롤의 인간 수

명이 지속되기만 한다면, 캐롤은 이 길을 따라 다시 제국으로 가게 될 것이다. 그럴 가능성은 작다고 해도 최소한 집으로 가는 자유의 길에서 죽음을 맞을 수 있었다.

이런 생각을 하던 중, 캐롤은 우연히 결정된 지금의 경로가 정확하지 않을 수도 있다는 점을 깨달았다. 어쩌면 목소리가 말해준 것인지도 몰랐다. 진짜 광기에 빠져드는 중일지도 모른다는 점을 의식하면서, 캐롤은 전방의 공간을 조심스럽게 스캔했다. 물론 저 멀리에 있는 희미한 별들을 제하면 빈 공간이다. 역시 그렇다. 목소리가 옳았다. 제대로 가고 있지 않았다. 경로를 약간 변경해야 했다. 중요한 문제였다.

그런데 어디로 간다는 거지?

캐롤은 불현듯 자신의 광기를 처음으로 강렬하게 직시했다. '맞는' 길이 뭐지? 어디로 향하는 중이지? 얼음과도 같이 차가운 진공과 무, 죽음을 제하면 목적지 같은 것은 없었다. 경로를 '수정'해서 연료를 낭비하라고 시키는 것은 결국 광기 어린 망상 아닌가? 추한 외모와 사람들의 무시, 고통 속에서 허우적대는 와중에 기댈 곳을 찾으려는 인간적인 필요가 낳은 망상임을 캐롤 스스로 너무나 잘 알고 있지 않은가?

하지만 앞에 아무것도 없는 마당에 연료를 소비하는 게 무슨 대수인가? 주저하던 마음이 슬슬 항복했다. 손가락이 분사 각도를 조절하는 버튼을 조심스럽게 만지작거리는 동안, 눈은 망원경을 다시 들여다보고 있었다. 어디로? 어디로 가야 하는 거지? 알려줘! 캐롤은 눈을 감은 채로 느끼려고 애썼다. 어디? 어디로? 몽환적이지만 분명한 메시지가 전달되었다. '저기. 이쪽이에요….' 또 헛소리. 캐롤은 스스로에게 화가 난 나머지 이 소리를 무시할 뻔했다.

하지만 그 어렴풋한 방향은 마음속에 깊이 각인되고 말았다. 캐롤은 성능이 가장 좋은 망원경으로 내다보면서 전자기파 전 영역을 확인했다. 저기에는 정말로 아무것도 없었다.

"어서 와요." 목소리가 머릿속에서 한숨을 쉬었

다. "이리 와요. 정말 오래 기다렸어요."

"죽음이 부르는군." 캐롤은 냉엄하게 중얼거렸다. 하지만 사실은 캘거리 호를 그 방향으로 정확히 돌리지 않으면 마음을 놓을 수가 없었다.

조심스럽고 신중하게, 아무 곳도 아닌 곳을 향하도록 경로 수정을 했다. 추진 버튼을 눌렀다. 점화 시간은 매우 짧았지만, 여느 때와 다름없이 칼처럼 정확했다. 캘거리 호가 미세하게 흔들리면서 별밭이 천천히, 아주 살짝 비틀렸다. 재조정할 필요도 없이 우주선은 바로 그곳을 향해 순항했다.

우주선 방향이 바뀌자 제국이 사라졌다.

목소리가 조용해졌다. 기억하는 한 처음 있는 일이었다. 느낌으로 말을 걸던 목소리도 두뇌 속에서 끝없이 전개되던 이야기도 사라졌다. 무슨 일일까? 왜 조용해진 걸까? 놀란 캐롤은 주위를 두리번거리다가 받아들이기로 했다. 변한 것은 없다. 그저 사라졌을 뿐이다. 제국도 없고 '보고'해야 할 사람도 없다. 다시는. 캐롤은 홀로였다. 글쎄…, 그런가? 중요하지 않았다. 아무 문제도 없었다. 따지고 보면 그 목소리도 명령을 해 오지 않았던가? 이제 외부 명령과는 완전히 결별할 수 있게 되었다.

캐롤은 망원경을 비롯한 분석 장비들을 사용해서 흥미로운 천체들을 바라보고 관찰하는 조용한 일상으로 돌아갔다. 그래도 제일 좋아하는 장비는 캐롤 자신의 눈이었다. 캐롤은 구석진 곳에 있는 사물함에서 고성능 망원경을 찾아냈다. 이 망원경은 컴퓨터로 해상도를 높이게 되어 있는 물건으로, 고물이었지만 잘 작동했다. 실제 있는지조차 알 수 없는 까마득한 거리의 천체를 넋 놓고 찾아볼 시간이나 여력이 없는 근래에는 거의 쓰지 않는 물건이었다. 다행히도 약간 손을 보고 나자 바로 작동이 되었다. 캐롤은 천체도를 골똘히 들여다보면서 천체 위치를 계속 확인하고 외웠다. 공교롭게도, 이 활동 역시 단순한 매혹을 넘어 옳은 방향으로 가고 있었다.

현창을 모두 이용하면 우주 사방으로 360도의 시야각을 확보할 수 있었다. 캐롤은 모든 방향을 짧게나마 체계적으로 스캔했다. 머릿속에 있던 목소리가 응원을 하는 듯한 느낌까지 들었다. 습관에 불과하다는 점을 캐롤 자신도 알고 있었다. 지금 난 기쁜 마음을 스스로에게 투사하고 있어.

시간에 대한 의식이 아주 어렴풋해지긴 했지만, 탈출 후 몇 주가 지나자 편안한 느낌만이 남았다. 작은 사건도 있었다. 씨앗을 심은 산소재생판이 하나 '발아'했다. 나머지는 죽어버렸다. 캐롤은 마지막 남은 씨앗들을 그러모아서 다시 심어보았다. 장치도 하나 만들었다. 늘 앉아 있는 자리와 침대에서 내쉰 숨을 광합성판에 바로 전달하는 장치였다. 광합성판에는 실제로 이산화탄소가 부족했다. 나중에 포화상태에 도달하면 분명 급속도로 상해갈 것이다. 캐롤은 기체 수집기와 경보장치를 설치해서 농도가 증가하면 큰 경고음을 내도록 만들었다.

캐롤은 어이없게도 자신의 몸에서 배출된 오염물질에 중독되기보다는, 단순한 산소부족으로 죽게 될 가능성을 그리고 있었다. 말도 안 되는 생각이었다. 캐롤의 생리학 지식에 비춰보면, 체내의 이산화탄소 농도가 증가하여 죽게 될 것이었다.

나사 풀린 기분으로도 캐롤은 산소 보존에 필요한 노력을 모두 기울였다. 생존 가능성은 한심할 만큼 낮았다. 할 수 있는 일이라곤 고작 쓰레기 선외 배출을 최소화해서 공기 손실을 막는 것뿐이었다. 마이크 선장의 것을 포함해서 남자들이 내버려둔 물건들이 제법 많이 모였지만, 바깥으로 내버리는 사치는 누리지 않았다.

캐롤은 전에 알지 못했던 마음 편한 휴식을 즐기거나 별을 관측하지 않을 때면, 현명하고 재치 있거나 아름답다고 느껴졌던 말들을 떠올려 적어 내려가는 일에 몰두했다. 속담, 우스갯소리, 시, 그리고 캐롤의 주변 사람 중에서는 아무도 본 적이 없는 옛 지구의 자연현상들, 예를 들어 선명한 일출이나 폭포를 짤막하게 묘사하는 구절들을 적었다. 그리고 캐롤이 존경했던, 대개 여성인 사람들의 이름들을 썼다. 마음을 산산이 흔들었던 기억들도 심혈을 기울여 간단히 적어 나갔다. 다른 아이들과 함께 야외에서 보았던 일식의 광경 같은 것들.

캐롤은 선체 외부에 붙여둔 얼음 암석을 들여올

때, 그로 인해 손실되는 산소량이 암석에서 확보 가능한 산소의 이론적 예측량으로 벌충될 것인지와 같은 현실적 문제들도 여유 있게 고려했다. 조용하고… 행복한 생활이었다.

하지만 어느 날 문제 상황이 발생하고 말았다. 우주선 전방의 탐지 장치가 삑삑댔다. 캐롤은 분명히 고장이라고 생각하고 장치를 끄려다가 멈칫했다. 소행성 접근을 알리는 신호였을 수도 있었다. 그렇게 죽고 싶지는 않았다. 다른 감지 장치를 켰다. 놀랍게도 같은 결과가 나왔다. 소름 끼치는 순간이었다. 공포가 엄습했다. 혹시라도 인간들이 추격해서 따라붙은 것은 아닐까?

캐롤은 감지 장치를 더 켜서 거듭 확인했다. 결과를 보고는 깜짝 놀라서 망원경 방향을 맞추려고 눈으로 내다보았다. 물체는 암석도 로켓도 아니었다. 작기는커녕 거대했다. 저 앞, 약간 '위쪽' 어딘가에 지구 크기의, 아니 거의 태양만큼 큰 무언가가 떠 있었다. 테를 두르고 희미한 라벤더 빛으로 빛나는 미지의 물체였다.

속이 울렁거리는 순간이었다. 어처구니없게도, 한 바퀴 돌아 태양계 외곽으로 되돌아가고 있는 것은 아닐까? 공포감이 엄습했다. 하지만 그렇지는 않았다. 감지장치는 전방을 가로막은 천체가 태양계에 속할 수 없다는 사실을 알려주었다. 측정값을 보면, 이 천체는 거대하지만 질량은 비교적 작았다. 보고 있는 것이 표면이라면, 표면 중력은 지구 표준보다 약간 작은 정도였다. 그 천체는 희미하게 빛을 내뿜기도 했다. 푸른 장밋빛의 아름다운 색채였다. 그 색깔을 무어라고 불러야 할지 알 수 없었다.

그리고 방사능 수치가 어마어마하게 높았다.

이미 죽었거나 지금 죽어가는 별일까? 그럴 수도 있었다. 하지만 이 천체의 특성은 캐롤이 알고 있는 별의 죽음 과정과는 전혀 들어맞지 않았다. 혹시 아직 죽지는 않았지만, 내부 점화의 임계점 밑에 있는 별이 아닐까? 막 태어나고 있는 별? 아니면 불타지 않고 탄생한 채 그와 같은 상태를 유지하게 되어 있는 별일까?

이런 생각을 할 틈도 없이, 캐롤은 반사적으로

추진기를 가동해 그 천체로 직행하도록 경로를 수정했다. 너무 오래 사용해 온 캘거리 호의 원자로는 동력이 부족해서 현재의 엄청난 속도를 줄여 낮은 고도로 저속 진입할 수 없다는 점을 동시에 파악했으면서도, 캐롤은 추진 버튼을 눌렀다.

도대체 난 뭘 하는 걸까. 무의식적으로 이 고요한 미지의 물체에 충돌해서 죽을 계획이라도 세운 걸까. 대기가 있는 행성이라면 진입할 때의 마찰열로 타 죽을 것이다. 캐롤이 바랐던 조용한 죽음, 영원한 별들 사이에서 맞는 죽음은 이런 것이 아니었다.

하지만 접근해야만 했다. 가까이 가서 눈으로 보고 확인하면서, 찰나의 순간이라도 근접 궤도에서 보고 알아야 했다.

흐릿한 점에 불과했던 미지의 물체가 무서운 속도로 커지면서 멀리 떨어진 원반이 되고, 점점 더 가까워지고 커져서 투명창을 가득 채울 때까지 캐롤은 시간의 흐름을 전혀 느끼지 못했다. 그저 거듭 역추진을 시도하면서 귀중한 에너지를 철저히 활용하도록 안간힘을 다하고, 가감 없는 욕망이 물리

법칙을 바꿀 수라도 있다는 듯한 간절함으로 캘거리 호의 속도가 줄어들기를 기원했다.

마침내 천체 표면에 거꾸로 떨어지는 듯한 느낌이 드는 순간이 왔다. 캐롤은 캘거리 호의 비행 자세를 천천히 맞추기 위해 귀하디 귀한 에너지를 최소량으로 쪼개 썼다. 광적인 충동에 사로잡힌 캐롤은 안면판만 열려 있는 우주복을 입고 몸을 조종석에 묶었다. 모두 부질없고 미친 짓이었다. 할 수 있는 일은 죄다 했는데도 비행 속도는 믿을 수 없을 만큼 빨랐다. 그래도 역추진을 계속 시도했다. 최적 추진 각도를 정확하게 계산하려 안간힘을 쓰면서 연료를 한 번에 다 태워버리고 싶은 충동과 싸웠다. 캐롤은 조종석에 기대앉아 캘거리 호에 부탁하고 명령하고 애원했다. 천천히⋯ 천천히⋯ 천천히⋯ 천천히⋯.

그리고 행운이, 논리적으로는 발생할 수 없는 일이 벌어졌다. 캘거리 호의 속도는 여전히 아무 가망 없는 치명적인 속도로 날고 있었지만, 컴퓨터가 예측한 값보다는 훨씬 크게 속도가 줄어든 것처럼 보였다. 컴퓨터가 오작동한 것이 분명했다. 캐롤은 이 기회를 놓치지 않고 악착같이, 모든 논리적 불가능성을 이겨내며 적도면으로 보이는 것과 평행한 방향으로 준궤도를 이룰 수 있었다.

이제 '표면'이 보였다. 커다랗게 뭉친 매끈한 막이 은은한 빛을 뿜으면서 질주하고 있었다. 감지 장치들의 수치를 보면 구름이었다. 200킬로미터 두께의 구름 아래에는 고체로 된 '땅'이 있었다. 일부는 액체라고 나타났다. 캐롤은 기껏해야 질소와 메탄일 것이라고 생각하면서 분광기를 흘끔 보고는, 황급히 보조 측정 장치를 보려고 달려들다가 안전벨트를 끊을 뻔했다.

믿을 수 없는 결과였다!

그 구름은 산소와 수소, 즉 수증기였다. 게다가 대기의 기본 값이 질소 75퍼센트와 산소 25퍼센트로 이루어져 있었다. 눈앞의 대기는 지구 표준과 구성이 같았다.

캐롤은 다급하게 각종 독성물질 검사를 했다. 해로운 성분은 없는 것으로 나왔다. 캐롤 같은 사람은 지구에서 마셔본 적도 없는 공기, 산업화와 전쟁 이전 시대의 공기였다!

물론, 지상에서 방출되는 것으로 보이는 무시무시한 방사능은 예외였다. 이 정도 방사능이라면 캐롤은 물론 지구에서 태어난 생명체는 모조리 바로 파괴할 수 있었다. 이 세계에 발을 딛고 그 달콤한 공기를 마시면서 걸었다가는 며칠, 어쩌면 몇 시간 만에 죽어야 했다.

궤도의 반경이 점점 줄어들고 있었다. 눈에 보이는 구름은 이제 고작 수천 킬로미터 아래에 있었다. 대기 상층부 진입 시점이 임박했다. 캘거리 호는 돌멩이가 물수제비뜨기를 하듯 움직이다가 폭발하기 전에 찢어질 것이 분명했다. 낡은 우주선 보호막의 기능은 화성의 환경에 맞춰진 데다가 그나마 계속 저하되고 있었다. 더 천천히 가자, 속도를 줄여줘. 캐롤은 원자로에 남은 마지막 동력을 모조리 감속에 쏟아붓고 애원했다. 멈출 수 없는 현재의 속도가 낳게 될 결말의 모습이 머릿속에 생생하게 그려지고 있었다. 살 수 있는 시간은 이제 몇 분밖에 남지 않았다. 그래도 자유로운 상태에서 이 멋지고 훌륭한 세계를 발견한 것이 만족스러웠다.

램의 정찰선 캡슐이 아직 모선에 연결되어 있다는 점을 비로소 기억해낸 캐롤은 정찰선에 남아 있던 소량의 연료를 작동하지 않고 있던 후방추진기 두 개로 끌어오는 데 성공했다. 속도를 늦춰! 늦추라고! 캐롤은 의지력을 쏟아부어 분사시켰다.

이 작은 역추진 이후로 속도가 확실히 약간은 늦춰진 것 같았다. 캐롤은 오직 죽음만을 예고하는 계기반을 포기하고 발밑에서 갈라지는 구름을 바라보았다. 천천히, 천천히! 몸에 너무 힘을 줘서 뒤로 뻗친 나머지 등이 뻐근했다. 캐롤은 죽음의 구름이 감지할 수 없을 만큼 미세하게 느려진 채 돌진해 오는 것을 느낌으로 상상했다. 캐롤을 죽게 만들 대기는 물론 훨씬 위에 있었다. 캐롤은 이미 대기권에 진입했다. 분자 계측기가 붉은색이었다.

바로 그때, 캐롤은 '육지' 위를 날고 있다는 사실을 깨달았다. 캘거리 호가 정말로 속도를 줄이고 있는 것이 분명했다. 무정형의 흐름이었던 발밑의 구름들은 침침한 빛의 그라데이션이 스쳐 지나가는 모습으로 바뀌었다. 물론 아직도 너무 빨랐다. 하지만 미지의 인력이 뒤로부터 세게 잡아당기고 있는 것만 같았다. 주변 분자 밀도가 높아져서 생긴 효과일까? 하지만 가열은 발생하지 않았다. 모종의 외부 에너지가 분명하게 작동하고 있었다. 그게 뭐든 더 필요했다. 느리게, 훨씬 더 느리게. 캐롤은 절실한 마음으로 애원했다.

그러자 캘거리 호의 속도가 줄어들었다.

속도를 줄여주는 이 신비한 힘의 정체는 무엇일까? 물리적으로 설명할 수 있는 힘이어야만 했다. 하지만 캐롤은 자신이 미쳤다는 점을 염두에 두고도, 이 힘의 정체가 정신과 무관한 에너지의 '장'은 아니라는 깊은 확신에 빠져들었다. 이 미지의 힘은 캐롤에게 필요한 것과 닥친 위험을 시각적 이미지로 그려내서 마음으로 외치면 작동했다. 물론 미친 소리였다. 하지만 분명 미지의 힘이 속도를 줄여주고 있었다.

나는 이미 죽은 것 아닐까. 캐롤이 생각했다. 기

지의 수감 시설로 이송된 뒤, 족쇄를 차고 약에 취해 있는 것일지도 몰랐다. 무슨 상관이람. 드디어 만난 제국의 힘이 캐롤을 구해주고 있는데.

원자로는 잠시 쉬게 내버려둔 동안 살짝 되살아난 것처럼 보였다. 캐롤은 아주 적은 출력이라도 최대한 이용하려고 애를 쓰면서, 자신에게 필요한 것을 미지의 존재에게 계속 보여주었다. 닥쳐오는 위기 상황, 곧 발생하게 될 충돌과 열기의 공포를.

그러자 캘거리 호가 눈에 보이지 않는 차가운 물엿 속을 날아가는 것처럼 속도를 늦추고 또 늦추었다. 덕분에 최초의 대기 마찰 속도는 일반적인 초음속보다 약간 빠른 수준이었다. 기적이었다. 떨어져 나갈 듯 흔들리는 물건들은 있었지만, 선체가 깨지는 충격도 없었고 열감도 거의 없었다. 이때 캐롤은 처음으로 눈에 보이는 구름 뭉치가 옆을 스쳐 가는 고도에 진입했다.

너무나 아름다운 나머지 함박웃음이 터져 나왔다. 별들이 반짝이는 밤의 장막 아래, 푸르스름한 라벤더 색깔의 진주 같은 광채가 이루는 띠들이 보였다. 캐롤은 잠시 구름에 비친 캘거리 호의 그림자를 찾다가 상황을 깨닫고 또 웃었다. 이 세계에는 태양이 없었다. 하늘에서 떨어지는 그림자 역시 존재한 적이 없었다. 모든 빛은 발밑에서, 행성의 내부로부터 나왔다.

아무것도 보이지 않으니 기계에만 의지한 채 그 빛 속으로 들어갈 수밖에 없었다. 캘거리 호는 질주하며 하강했고, 궤도 방향은 낙하 곡선을 그리고 있었다. 날개가 도움이 될 수도 있겠다는 생각이 퍼뜩 떠올랐다. 펴질까? 펴면 뜯겨 나가려나? 캐롤은 옛 삶에 대한 기억을 아무런 감정의 덧칠 없이 떠올렸다. 한 선장의 잠재된 광기가, 출항 전에 우주선을 점검하는 과정에서 여태껏 한 번도 쓰인 적 없는 고물 날개를 쓸 수 있게 해야 한다면서 고치도록 만들었던 기억이었다. 묘한 일이었다.

캐롤은 날개를 펴는 수동 레버를 온 힘을 다해 잡아당겼다. 쿵쾅거리며 끼익거리는 마찰음이 나더니 날개가 외계 행성의 공기 속으로 뻗어나갔다. 감속 중인 캘거리 호가 빙글 돌았다. 캐롤은 구식 조종 장치를 만질 수 있는 위치에 자신을 묶도록 만든 운명에 감사했다. 혹독한 지면 비행 훈련이 큰 도움이 되었다. 캐롤은 곧 거친 하강 비행에 돌입했다. 속도가 이렇게 무모한데, 날개들은 세게 흔들리긴 해도 붙어 있었다.

점점 밝아지는 200킬로미터 두께의 구름을 뚫고 아래로, 아래로. 가장 낮고 가장 밝은 층을 뚫고 나오는 순간 눈에 보이는 것은, 그렇다. 바다였다! 이 대양은 빛을 내뿜었다. 위를 올려다보자, 구름으로 된 천장이 포도 같은 푸른색과 크립톤 같은 녹색을 반사하고 있었다.

다음 순간에 캐롤은 육지 위에 있었다. 고도가 너무 높았기 때문에, 조금 전과는 또 다른 광채를 지닌 빛깔들밖에 보이지 않았다. 환한 오렌지빛, 흐릿한 터키석 색깔, 찬란한 우윳빛과 선홍색, 깊고 풍부한 자주색의 곡선과 흐름이 여기저기 보였다. 아롱거리는 무늬가 겹겹이 늘어선 장엄한 풍경이었다. 위로는 반반한 하늘이 대지의 광채를 총천연색으로 반사하고 있어서 거대한 스테인드글라

스가 밑에서 비치고 있는 듯했다.

발밑으로는 다시 바다가 보였는데, 전보다 훨씬 가까워졌다. 캐롤은 엷게 반짝이는 초록빛 V자의 물결이 작은 섬을 만나 부서지는 광경을 볼 수 있었다. 바다 표면은 길고 부드러운 너울을 제외하면 매우 잔잔해 보였다. 청록색 빛이 이루는 V자 형상이 더 나타났다. 열도일까? 아니면, 잠깐 저 아래 뭔가가 움직이고 있는 건가? 불가능했다. 캐롤은 무엇인지 보려고 안간힘을 썼다. 마침내 그것을 본 순간에는 의심의 여지가 없었다. 이삼십 개 정도 되는 뭔가가 다른 것들을 헤치고 항해를 하면서 각각 찬란한 V자 모양의 자취를 남기고 있었다.

생명체였다.

생명! 고래 비슷한 미지의 생명체일까? 아니면, 지구 백악기의 공룡처럼 거대한 생명체들이 노닐고 있는 얕은 바다 웅덩이일까? 아니면, 감히 생각하기도 힘들었지만, 배일까? 무엇이든 간에, 캐롤이 죽기 불과 몇 분 전에 인류 최초로 발견한 외계 생명체였다. 어둡고 보이지 않는 태양 같은 천체 위에 사는 생명체들.

신이든 아니든, 이 경이로운 현상을 눈으로 볼 수 있도록 속도를 늦춰주십사고, 캐롤은 크게 소리 내 기도했다. 자신을 돕고 있던 미지의 힘에 절박한 마음을 담아서, 다가오는 충돌, 폭발, 죽음의 순간을 공포감으로 조명한 이미지들을 보냈다. 캘거리 호가 무사히 동체 착륙을 할 수 있을 만큼 속도가 줄지 않는다면 닥치게 될 일들이었다. 캐롤은 순간 그 힘이 망설이는 느낌, 어쩌면 지친 듯한 느낌을 받았다. 하지만 이 경이로운 곳을 더 알고 싶은 욕망이 모든 염치를 빼앗아갔다. 캐롤은 온 정성을 다해 속도를 더 늦춰달라고 간청했다.

곧바로는 아니었지만 적절한 시점에 응답이 돌아왔다. 한번은 너무 급히 감속되는 바람에 실속 임계점 이하로 활강하기도 했다. 캘거리 호는 꼬리부터 추락하며 돌처럼 떨어지기 시작했다. 천만다행으로 최후의 한 번을 더 태울 연료를 찾아 가까스로 수평 상태로 되돌릴 수 있었다. 캐롤은 신중하게 필요한 것의 구체적 이미지를 묘사해서 보내려고 했다. 충족될 가능성이 거의 없는 희망이었다. 아무 장애물도 없는 착륙지점, 땅에 닿을 때의 충격을 전부 흡수할 수 있을 만큼 광활한 지표면을 따라 미끄러지게 하는 것이다. 그 놀라운 생명체들을 딱 한 번만 볼 수 있다면! 부상이 아무리 심해도 괜찮았다. 그 모습을 눈에 담은 채 죽을 수 있기만을 바랐다.

죽음만을 남겨둔 상황에서, 캐롤은 상상조차 해본 적 없는 황홀경에 사로잡혀 있었다.

캐롤은 순간 조종간을 놓고 양팔을 좌우로 확 뻗었다. "너를 냉정한 돼지의 행성으로 명명하노라!" 캐롤은 '아울른'에게 말했다. (아울른이라니, 내가 대체 무슨 수로 이곳의 이름을 알았을까?) 하지만, 아니다. 캐롤이 내려가는 곳은 태양에 속한 행성이 아니었다. "너를 냉정한 돼지의 암흑성으로 명명하노라!"

적절하다. 캐롤은 벨트를 조이면서 조종대를 꽉 움켜쥐고 냉담하게 생각했다. 힘겹게 비행 훈련을 받았던 지구에서의 무수한 시간들이 계속 도움을 주었다. 캐롤은 괴상한 구식 우주선을 끝없는 바다의 창백한 조명 위로 솜씨 좋게 조종했다. 저 멀리 높은 지평선 너머에는 육지가 있을지도 모르지만, 고도가 너무 낮아서 보이지 않았다. 대륙이 바다로 돌출된 방향이라고 기억하는 쪽으로, 회전 방향을 따라 곧게 비행하는 수밖에 없었다.

불규칙한 바람이 캘거리 호를 계속 튕겨냈다. 가끔은 너무 낮은 곳까지 밀어내는 바람에 파도를 스칠 지경이었다. 그리고 앞부분이 물에 잠기는 순간, 어두운 형체들이 파도를 따라 노닐고 있는 모습, 신기한 생명체들의 모습을 흘깃 볼 수 있었다. 너무 빨리 그리고 너무 낮게 날고 있었기 때문에, 여기서 입수하면 버틸 수가 없었다. 캐롤은 마음을 다잡고 주변에 펼쳐진 모든 경이로부터 눈을 돌린 채, 불길에 휩싸인 것처럼 보이는 이 세계의 공중에 떠 있으려고 집중했다. 수평선은 이상하리만치 높았다! 거대한 세계였다.

그 순간 시야 저편의 수평선 위로 더 밝은 불빛이 나타났다. 육지였다! 숲이 먼저 눈에 들어왔다.

밝은 빛은 나무들로 이루어진 판판한 벽의 형상을 띠었다. 캐롤은 죽음을 향해 돌진하는 중이었다. 캐롤은 다급하게 필요한 것을 떠올리고 간청했다. 순간, 숲에서 뚫린 곳이 보였다. 나무들이 이루는 벽 안에서 흘러나오는 강줄기 주변으로 삼각 하구가 자리 잡고 있었다. 캐롤은 그 틈새에 진입하도록 방향을 틀었다. 이제는 그 모습이 더 잘 보였다. 넓은 강은 아니고 비교적 작은 하천이었다. 강가에는 나무가 거의 자라지 않는 늪지대가 형성되어 있었다. 딱 맞았다. 하지만 빨리, 너무 빨리 접근하는 중이었다. 맞바람만 불어준다면! 무슨 일이 벌어져도 마음의 준비가 다 되어 있던 순간에, 바닷가에서 돌연히 광풍이 몰아치면서 캘거리 호의 속도를 줄여주었다. 이제는 놀랍지도 않았다. 오직 감사한 마음뿐이었다.

캘거리 호는 나무가 제일 드문 강가로 숲을 가르면서 진입했다. 캘거리 호의 동체 밑바닥이 요란한 소리를 내면서 끈끈한 습지대를 스쳤다. 우주선은 나무들을 스치고 들썩들썩 미끄러졌고, 두 차례

튕겨 오르면서 안전벨트를 맨 캐롤의 몸이 반동을
받아 요동쳤다. 그리고 떨어져 나간 날개 조각이
분수처럼 물을 튀겼다. 믿을 수 없는 일이 마침내
벌어졌다. 캘거리 호가 완전히 정지했다.

캐롤은 현기증을 느끼면서 천천히 우주선 바깥
을 둘러보았다. 선체의 벽과 창에는 부서진 곳이
전혀 없었고, 기압은 안정 상태를 유지하고 있었
다. 동체는 멀쩡해 보였다. 무사히 착륙한 것이었
다! 멍든 곳 약간을 제외하면 다친 곳도 없었다.

압력의 변화로 귀가 먹먹했다. 귀가 뚫리자 금
속이 식으면서 딸각대는 소리와 엔진에서 작은 불
꽃이 타닥거리며 타들어가는 소리만 들렸다. 그나
마 그 불꽃도 바라보는 동안 꺼져버렸다. 공기 새
는 소리는 들리지 않았다. 하지만 바깥의 고요에서
는 진공상태와는 다른 밀도와 공명이 느껴졌다. 캘
거리 호는 이제 진공이 아닌 대기 속에 있었다.

정신을 잃을 만큼 쇠진한 캐롤은 바깥을 내다
보려고 비트렉스 창에 서린 김을 닦아냈다. 혼란스
러운 광경이었다. 네거티브 필름 같은 모습을 한

세계가 눈앞에 있었다. 바닥에서 올라오는 빛을 받아, 독특한 색채의 그림자가 하늘을 향해 뻗어 있었다. 너무나 아름다웠다. 주변은 풀과 나무로만 둘러싸였다. 야생의 숲이었다. 캐롤은 그렇게 많은 나무가 한 곳에서 자라는 모습을 본 적이 없었다. 더군다나 이 나무들은 지평선을 끝까지 메우면서 자라고 있었다. 그 너머로는 신선한 강물이, 공짜 물이 반짝였다.

낙원이었다. 계기 바늘이 흔들림 없이 최대치를 가리키는 치명적 수준의 방사능만 제외하면 그랬다. 낙원이긴 했으되, 캐롤을 위한 낙원은 아니었다.

그렇지만 캐롤의 기도는 응답을 받았다. 캐롤은 신세계를 바라보고 있었다. 마음만 먹으면 만질 수도 있었다. 부지불식간에 깊고 각별한 행복이 캐롤을 감쌌다. 입술은 한 번도 지어본 적 없는 진짜 미소로 떨리고 있었다. 하지만 눈을 계속 뜨고 있을 수가 없었다. 캘거리 호를 착륙시키느라 오랜 시간을 분투했기 때문이었다. 지구 시간으로 무려 사흘이 흘렀다는 점을 캐롤은 깨닫지 못했다.

캐롤이 안전벨트에 기대어 매달린 채 의식을 잃는 순간, 밖에서는 지구에서 들을 수 없는 음색의 울음소리가 났다. 소리는 밀폐된 선체를 통과할 만큼 컸다.

캐롤은 정신을 잃기 전 마지막 순간에, 혹시라도 기지의 감옥에 도착한 것이라면, 구속복과 쇠고랑에 묶인 채 깨어나겠거니 생각했다.

4

캐롤은 몸이 뻣뻣하게 굳은 채로 갈증을 느끼면서 깨어났다. 하지만 바깥에는 바로 그 놀라운 외계가 변함없이 펼쳐져 있었다. 기압계 역시 안정된 수치를 보였다! 필수적인 밀폐 시설은 모두 멀쩡했다. 마지막 기적이었다.

캘거리 호는 부서진 날개 토막 위에 코를 박고 멈춰 있었다. 우주선 '바닥'은 40도 각도로 기울진 채였다. 캐롤은 안전벨트를 풀고 미끄러져 내려가면서 그게 얼마나 운이 좋은 각도인지 깨달았다. 좌석 전면의 커다란 창으로 지표면까지 내려다볼 수 있었고, 우주선 머리 쪽에 튀어나온 창 한쪽 끝도 마찬가지였다. 반대편 창으로는 나무 꼭대기를 볼 수 있었다. 캐롤은 나무들을 살펴보고 싶어 잠시 멈춰 섰다. 나무들은 바닥에서 올라오는 빛에 적응한 기묘한 형태였다. 크게 두 가지 유형으로 나뉘는 것처럼 보였다. 활엽수 형태와 큰 양치식물 형태였다. 하지만 그 두 유형 사이에는 독특한 변이들이 있었다.

우주선에 남은 밀폐 공간이 얼마나 될까? 선체의 아래층 전체, 정찰선 격납고, 그리고 얼음 암석을 포함해 바깥에 딸린 장비들이 모두 사라져버렸다. 하지만 조종실과 관측실은 남아 있었고, 조리실로 통하는 문은 비뚜름하게 튀어나와 있었지만 벌어진 틈이 없었다. 세면장 및 화장실도 괜찮았고, 안 좋은 기억을 남긴 작은 밀실의 문까지도 멀쩡했다. 새는 곳은 없었다.

캐롤은 감사하는 마음으로 무거운 헬멧을 벗은 뒤, 머리를 좌우로 흔들어서 타오르는 빛깔의 머리카락을 풀었다. 최후의 나날들은 더없이 흥미로울

뿐 아니라 안락한 시간이 될 것이다!

비축된 물도 멀쩡했다. 타는 갈증을 해소하면서 확인할 수 있었다. 남은 산소는 아껴야 했지만 20일 분량은 충분했다. 산소가 떨어지면 캐롤의 생명도 떨어질 운명이었다. 그건 처음부터 알고 있던 일이었다.

창가에 앉아 식량 파우치를 뜯는데, 바깥 움직임이 시선을 사로잡았다. 캘거리 호는 늪을 스치면서 숲에 길을 만든 뒤 빙글 돌아 정지했기 때문에, 정면 반대편에는 바다의 초록빛 광채가 높이 솟아오르고 있었다.

식물인 줄로만 알았던 것이 움직이기 시작했다. 계속 움직이다가, 호리호리하고 길쭉하며 빛깔이 창백한 동물이 되었다. 그 동물은 우주선이 착륙하면서 낸 길 가장자리의 나무가 드리운 낮은 가지에서 기어 내려오고 있었다. 그 나무 위에서 밤을 지새운 걸까. 캘거리 호를 보고 있었을까? 충돌하면서 침범한 우주선에 놀란 건 아닐까? 거리가 꽤 멀었지만 엄청나게 큰 눈이 달린 것이 보였다. 두 개의 눈이 희끄무레하고 좁은 머리 양옆에 붙어서, 빛을 반사하며 반짝이고 있었다. 동물의 머리는 캐롤이 동물원에서 실제로 본 적이 있는 염소나 양의 머리와 비슷했다. 동물은 분명 캐롤을 바라보고 있었다. 숨이 멎는 것만 같았다.

그 생물은 나무에서 날아 뛰어내렸다. 겨드랑이의 피부가 접혀 있는 모습이 보였다. 아주 오래전에 그림책에서 본 그림이 떠올랐다. 한때 지구에는 날아다니는 다람쥐를 비롯해 활강하는 동물들이 있었다. 혹시 이 생물체도 그런 종류가 아닐까? 몸집은 크지만, 막을 펼쳐서 나무 사이로 날아다니지 않을까?

생물은 나무에서 내려온 뒤 엉덩이를 깔고 앉은 채 계속 캐롤을 바라보았다. 부탁이야, 무서워하지 마, 캐롤은 마음속으로 빌었다. 아침 식사용 바를 한 입 깨물려고 벌렸던 입조차 다물 수가 없었다. 그 생명체는 겁먹은 것 같지는 않았다. 우습게도 사람처럼 기지개를 켠 다음 짧은 앞다리로 바닥을 짚었다. 곧게 뻗은 짤막한 꼬리가 달린 것이 보였다.

드디어 캐롤은 제일 비슷한 모양의 그림을 기억해냈다. 캥거루였다. 눈앞의 이 외계 동물은 캥거루처럼 꽁무니가 어깨보다 위로 올라와 있었다. 다부지고 긴 뒷다리 때문이었다. 길쭉한 머리를 받친 목은 굽어서 쳐들고 있었다. 기억 속의 그림과 비교해보면 캥거루보다 꼬리만 더 작고 짧을 뿐이었다.

기쁘게도, 이 동물은 느릿느릿 걷거나 폴짝폴짝 뛰면서 태연하게 캘거리 호로 다가왔다. 가까이 오자 털가죽이 분명하게 보였다.

털은 아니었다.

피부도 아니고 가죽도 아니었다.

그것은, 의심의 여지없이 옷감이었다. 캐롤은 흥분해서 심장이 터질 것만 같았다.

생물이 더 가까이 다가오자, 목 주변과 등골을 따라 자수로 놓인 것이 분명한 무늬를 볼 수 있었다. 작고 반짝이는 돌과 조가비, 매듭이 무늬를 수놓고 있었다.

캐롤은 다가오는 형체를 멍하니 바라만 보고 있었다. 이 사실들을 조합할 때 나오는 결론을 단번에 받아들일 수 없었기 때문이었다.

그냥 생명도 아니고 지적 생명체를 품은 세계였다.

이런 걸 발견하다니, 감당할 수 없을 지경이었다.

그렇지만, 아직도 그게 그렇게 놀랄 일인가? 무언가, 아니면 누군가가 자신의 말을 '들으면서' 착륙을 도왔다는 느낌이 내내 너무나 강렬했는데 말이다. 지금 바로 그 누군가를 보고 있는 것일까?

그럴 리가 없어. 캐롤은 시선을 고정한 채로 생각이 멈춰버렸다.

그 생명체, 아니 그 사람은 차분한 눈길로 마주보면서 바른 자세로 고쳐 앉았다. 끝이 납작하고 섬세한 손가락으로 옷깃을 푼 뒤, 옷을 벗어서 진짜 털가죽을 드러냈다. 옷깃을 풀 때 엄지손가락이 똑똑히 보였다. 우윳빛의 희고 짧은 털이 몸을 감싸고 있었다. 그 생물은 그 망토를 단정하게 말아서 몸에 둘러 묶은 뒤에 네 다리를 모두 바닥에 딛고 다시 느릿느릿 걸어오기 시작했다.

하지만 창문 쪽으로 걸어오지는 않았다. 더 높은 곳에서 캘거리 호를 한 바퀴 돌았다. 지나가면서 큰 귀를 캐롤 쪽으로 쫑긋 세우기도 했다. 이때 캐롤은 매우 다양한 타인들이 보내는 혼란스럽고 희미한 이미지를 느꼈다. 근처에 있는 다른 이들이 바로 옆에 있는 저 생물과 만나기로 되어 있었다. 그 느낌이 너무 빨리 사라졌기 때문에 캐롤은 자신이 지어낸 느낌이라고 판단했다. 손님은 창가를 떠난 뒤, 캘거리 호가 멈춰 선 곳 앞에, 원래 모습 그대로 남아 있는 숲으로 들어갔다.

캐롤이 얼른 옆 기둥으로 기어 올라갔지만, 손님은 이미 숲속으로 사라진 뒤였다. 혹시 다른 누군가나 무엇이 그 방향에서 나타나지 않을까? 캐롤은 투명창 옆에 편히 앉은 뒤에 눈에 보이는 것을 전부 관찰하면서 드디어 아침밥을 먹기 시작했다. 캐롤은 지금 부러진 날개 토막 위쪽에 있었다. 캘거리 호가 늪지 바깥의 언덕에 기댄 채 멈춰 있었기 때문에 이쪽으로는 쉽게 접근할 수 있었다. 캐롤은 아무도 놀라게 하지 않으려고 음향 수신기를 조심스럽게 천천히 편 뒤 작동시켜 보았다. 작동했다! 바스락, 쩍쩍, 골골, 꿀꿀대는 다채로운 소리가 우주선을 가득 채웠다.

잠시 생각하던 캐롤은 스피커를 점검한 뒤 내보내서 바깥에서도 자신의 목소리를 들을 수 있도록 했다.

이윽고 낮은 언덕 너머 숲에서 타닥타닥 쿵쾅쿵쾅 하는 소리가 규칙적으로 들렸다. 주시하고 있자, 먼 곳의 나무 꼭대기가 거칠게 흔들리다가 쓰러지는 것이 보였다. 곧이어 조금 더 가까이에서 같은 광경이 보이고, 이어서 또 작은 나무가 공중에 붕 뜬 뒤 떨어졌다. 큰 초식동물이 식사하는 모습이려나?

하지만 더 가까이서 나는 소리를 들으니 일부러 하는 작업 같았다. 캘거리 호로 접근하는 경로나 길을 만들고 있는지도 몰랐다. 그렇다면 뭐가 나타날까? 외계인 불도저? 포위 부대? 캘거리 호를 날려버릴 무기?

캐롤은 두려움 없이 기다렸다. 벌어지는 일들에

홀딱 반한 나머지 기쁘기만 했다. 이 세계에 적대적 느낌은 없었다. 사실 이미 목숨까지 구해주지 않았는가? 물론 캘거리 호는 방어를 위한 기본 장비를 갖추고 있었다. 대부분 미사일이었다. 최근에는 암석을 부수는 데 몇 번 쓴 적이 있었지만, 여기서 사용하고 싶은 마음은 들지 않았다. 따지고 보면 캐롤은 자신의 목숨을 구해준 생명체들 위로 커다란 난파선을 떨어트려 버렸다. 설령 자신을 없애려 들더라도 달게 받아들일 준비가 되어 있었다.

그런데 그들이 갑자기 코앞에 나타났다. 예상과 너무 달라서 처음에는 알아볼 수도 없었다. 크게 솟아오른 형상 하나, 아니 둘이 나무를 밀쳐 내면서 다가오고 있었다. 옆구리와 등이 단단한 것 같았다. 나무를 쓰러트릴 때 쿵쿵거리는 소리가 들렸다. 글쎄, 커다란 거북이 같았다! 캐롤은 살아 있는 자그마한 거북이를 본 적이 있었는데 이것보다는 몸의 윤곽이 훨씬 납작했다. 아니면, 저것도 아까 관찰자의 망토처럼 등딱지가 아니라 인공 갑옷일까? 그건 아니라고 캐롤은 판단했다. 딱지가 벌어진 곳 깊숙이 사지와 목이 몸에 붙어 있는 것이 들여다보였다. 기계를 쓰는 대신에 짐승을 훈련시켜 이용하는 걸까?

캐롤이 넋을 잃고 바라보는 동안, 그중 하나가 뒤얽힌 나무들을 종잇장처럼 넘어뜨리면서 육중한 발걸음으로 물러섰다. 그리고 몸을 돌려 일어선 뒤, 쓰러진 나무들을 깔끔하게 부러뜨려 포개 쌓으며 정리했다. 바로 그 뒤에서 다른 하나가 같은 행동을 하고 있었다. 뒤에 있던 생물이 앞에 있던 일행을 앞질러 움직인 뒤, 길을 막고 있는 거대한 나무를 하나 골라 같은 작업을 반복했다. 그제야 그들의 크기가 얼마나 큰지 실감할 수 있었다. 등딱지 꼭대기가 캐롤의 머리보다 높게 솟아 있었고, 밀치는 힘은 몇 톤에 달할 것이 분명했다.

이들이 하는 작업의 결과물을 보자, 아무리 잘 훈련받았다 해도 짐승이 할 수 있는 일은 아님을 깨달을 수 있었다. 그냥 길을 내는 것이 아니라 질서를 창조하고 있었기 때문이다. 진행 방향 뒤편에는 깔끔하고 아름다운 신작로가 뻗어 있었다. 지구에서 흔히 볼 수 있는 뾰족한 잔해도 없었다. 길은 상당히 멀리까지 뻗어 있었다. 언뜻 보기에 1킬로미터 정도는 될 것 같았다.

이 생명체들이 서서 작업을 하다가 나무를 밀기 위해 몸을 숙이자 몸의 기본구조가 보였다. 이들 모두는 첫 번째, 그러니까 캐롤이 관찰자라고 생각했던 생명체와 확실히 닮은 모습이었다. 육중한 뒷다리는 앞다리보다 크게 발달했고 딱지에 반쯤 숨겨져 있는 구조 역시 동일했다. 짧은 앞다리에 근육이 우람하게 발달한 점도 같았다. 딱지 전면의 큰 구멍에서 내밀면 보이는 목에는 근육이 두껍게 붙어 있었지만, 길이가 길었다. 이 생물들은 고개를 지면과 수평으로 들고 걸었다. 등딱지 안으로 들어간 머리는 관찰자의 것과 비슷했다. 파충류는 절대 아니었다. 귀가 위로 솟아 있고, 이마가 볼록 튀어 나온데다, 눈꺼풀이 있었기 때문이다.

그들이 신속하고 깔끔하게 길을 내면서 더 가까이 접근하자, 등딱지에 새긴 장식이 보였다. 빛을 뿜는 자갈들과 씨앗이 무늬 사이사이에 박혀 있었다. 밝은 빛을 받는 배딱지는 아름답게 말려 있었다. 그 위로는 멜빵 내지는 연장주머니를 착용하고 있는 것 같았다. 이치에 맞는 구조라는 생각이 들었다. 저러면 앞다리로 걸을 수 있겠네. 끝으로, 가장 가까이에 있는 생물이 양치목을 잡으려고 일어서자 제일 괴상한 점이 눈에 띄었다. 장식이 달린 작업용 장갑을 끼고 있었다.

그 모습을 보자 거의 한계에 도달했던 긴장이 풀려버렸다. 캐롤은 웃음보가 터지는 바람에 손이 흔들려서 마시던 커피를 떨어뜨릴 뻔했고, 늪지를 향한 스피커에서 웃음소리가 울려 퍼졌다. 민망했다. 이 세계가 최초로 듣는 인간의 목소리가 예의를 갖춘 말이 아니라 웃음이라니 부적절하지 않은가. 그래도 웃음을 참을 수가 없었다. 캐롤은 여태껏 웃어본 적이 거의 없었기 때문에, 그 웃음소리가 얼마나 사랑스러운지는 아무도 말해준 적이 없었다.

캐롤은 잠시 후에 가까스로 웃음을 멈췄다. 거북이처럼 생긴 일꾼들이 통나무를 내려놓고 더 가까이 다가와서 들여다보는 모습을, 캐롤은 웃느라 흘린 눈물을 훔치면서 보았다. 캐롤은 자기가 낸 소리가 그들 귀에 거북하거나 흉하게 들리지 않았기를 바랐다.

"미안해요." 캐롤은 스피커를 통해 겸연쩍게 말했다.

전혀 문제 될 것 없다는 어렴풋한 느낌이 캐롤을 타고 흘렀다. 거북이 중 하나가 웃음소리를 따라 하려 하는 것이 분명한 소리를 낸 뒤, 모두 다시 일로 돌아갔다. 길은 이제 거의 우주선까지 나 있었다.

시야가 확보되자, 멀리에서 예닐곱쯤 되는 새로운 형상들이 거북이들이 만든 길을 따라 다가오는 것이 보였다.

캐롤은 쌍안경이 있었다는 사실을 겨우 생각해 내고, 온 정신을 집중해 들여다보았다. 물론 천체 관측용 렌즈였기 때문에 시야각이 매우 좁았다. 처음에는 다가오는 무리에 몇 마리나 있는지 헤아리기도 힘들었다.

넷, 아니 셋은 생김새가 서로 비슷했지만, 캐롤은 '관찰자'를 대번에 알아볼 수 있었다. 털 빛깔이 더 흐렸고, 묶어둔 망토의 색깔이 다른 이들과 달랐다. 물건을 이런 방식으로 옮기는 것이 그들의 관행인 듯했다. 캥거루처럼 생긴 나머지 둘은 자기들끼리도 서로 다른 생김새를 하고 있었지만, 머리 모양은 더 희한했고 아주 작은 앞다리가 한 쌍 더 달린 듯이 보였다. 다른 생명체들까지 보느라 바빠서 그 부분을 다시 확인하지는 못했다.

일꾼들과는 또 다른 거북이 유형이 함께 있었다. 이 유형에는 외피가 덮여 있어서 등딱지가 더 무거웠다. 나이가 상당히 많다는 느낌이 바로 들었다. 몸집은 훨씬 컸고, 나무를 나르는 일꾼들과는 눈의 모양이 매우 달랐다. 두꺼운 눈꺼풀 밑에서 반짝이는 아주 큰 눈이 보였다. 확실히 맨 처음 보이는 것은 눈이었다. 그들의 커다란 눈은 안 그래도 밝은 데다가 빛까지 반사해서, 어떤 눈들은 스스로 광채를 내는 것처럼 보이기까지 했다. 무리는 점점 더 가깝게 다가오며 사방을 주의 깊게 살폈지만, 캘거리 호를 특히 주시했다. 꼭 헤드라이트 부대가 다가오는 모습처럼 보였다.

키가 작은 생물 하나는 등딱지가 달린 생물에게 가볍게 부축을 받은 채 다가왔다. 작은 키가 붉은 베일에 폭 파묻혀 있었기 때문에, '관찰자'보다 훨씬 짧고 납작한 얼굴에 달린 커다란 눈을 빼면 형체를 거의 알아볼 수가 없었다. 그 생물은 피부에 난 털도 빛깔이 연했다. 캐롤은 이 생명체, 아니이 사람이 몸이 아프거나 약하고 나이 역시 더 많을지도 모른다는 인상을 받았다. 이 사람은 큰 '거북'에 주로 기댄 채 곧게 선 자세로 걸었지만, 이따금 몸을 낮춰 네 다리로 걸었다. 그의 느린 움직임이 전체의 이동 속도를 조절하는 듯 보였다.

마찬가지로 베일을 썼지만, 키가 더 크고 베일 색깔이 푸른색인 다른 생물이 힘찬 걸음으로 따라왔다. 성큼성큼 걷는 도중 다리가 베일 밖으로 나오기도 했다. 위쪽에 달린 두 쌍의 '팔'이 분명하게 보였다. 아래쪽의 한 쌍은 걷는 데 쓰이는 것처럼 보였다. 상체가 똑바로 서 있었기 때문에, 캐롤이 어렸을 때 그림책에서 보았던 반인반마와 걷는 모습이 매우 흡사했다. 하지만 얼굴은 말의 것도 인간의 것도 아니었다. 여러 요소가 마구 뒤섞여 있었기 때문에, 큰 눈들, 그리고 귀 아니면 다른 감각기관일 수도 있는 깃털 같은 돌출부 네 개만 식별할 수 있었다.

회색빛 털가죽의 생명체 둘이 후미에 따라오고 있었다. 하나는 길을 빠져나와 물웅덩이로 뛰어든 다음, 갈퀴가 달린 손으로 물을 떠서 부리처럼 생긴 입으로 마셨다. 캐롤은 이 생명체가 적어도 일부는 수중생활을 한다고 짐작했다. 일행은 멈춰 서서 그가 물을 다 마시기를 기다렸다. 이 생명체의 어깨 뒤에는 단단해 보이는 혹이 두 개 있었다. 날개의 흔적 기관일지도 몰랐다.

무리는 이제 가까이 있었다. 캐롤은 쌍안경을 내려놓았다. 어른처럼 보였던 거북이를 포함해 베일 쓴 일행이 나무 옮기는 거북이 곁을 지나 멈춰 서자, 모두 함께 걸음을 멈추었다.

짧게 끊어지는 음성들이, 의미가 담긴 듯한 묘

한 침묵의 순간들과 교차하면서 간단한 의사소통이 진행되었다. 어느 목소리가 누구의 것인지는 알 수 없었다. 음색이 있는 목소리는 하나뿐이었지만 듣기 나쁘지는 않았다. 화가 났거나 긴장했거나 적개심을 품은 것처럼 들리지도 않았다. 이 방문은 좀 야릇해 보일지는 몰라도 일상적인 것이었고, 길은 근처에 사는 주민들이 자진해서 낸 것일 수도 있겠다는 생각이 들었다.

혹시 이들에게 우주선 추락 사건이 익숙한 건 아닐까? 아니다. 아니었다. 이 무리가 캘거리 호 같은 것을 익숙하게 받아들인다는 느낌은 없었다.

우주선 주변을 일부러 한 바퀴 돌면서 구석구석을 살펴보는 것이 그들의 첫 행동이었다. 우주선 안에 있는 캐롤도 그 걸음을 따라 함께 한 바퀴 돌았다. 그러고 보니 캐롤이 잠든 사이에 우주선 주변 바닥을 치웠는지 공터가 되어 있었다. 캐롤은 그들이 우주선에 남은 날개와 캐롤을 모두 볼 수 있을 때, 충동적으로 손을 들어서 보조 날개의 시동을 켰다. 흠칫 놀라는 몸짓과 같은 것이 보였다.

캐롤은 이 시점에서 그들 중 적어도 몇 명은 텔레파시를 쓴다고 확신했다. 캐롤은 우정의 느낌을 최대한 투사해서, 자신이 날개를 작동시켰다는 이미지를 보냈다. '캥거루' 유형은 열성적으로 응답하는 듯 보였다. '거북이 어르신'도 마찬가지였다. 그들은 캐롤을 뚫어지게 바라보면서 더 가까이 접근했다. 그래서 캐롤은 작동하는 기기란 기기는 모두 움직이고 흔들면서 스피커에 대고 이름과 기능을 알려주었다. 붉은 베일을 쓴 작은 몸집의 외계인은 캐롤의 목소리에 특히 관심을 보이면서 따라 말해 보기도 했다.

그들은 아무런 망설임 없이 전부 만져보았다. 발에 갈퀴가 달린 민첩한 외계인들은 캘거리 호의 잔해 위로 기어 올라간 다음 선체의 투명창을 차례로 들여다보았다.

캐롤은 이들에게 '뜨거운' 분사구나 원자로실 잔해로는 가까이 가지 말라고 몇 차례 주의를 주려다가 관두었다. 캘거리 호에 남은 방사능은 바로 밖에 있는 일상화된 고강도 방사능 폭풍에는 비교할 것이 못 되며, 이 손님들은 그 속에서 진화하고 살아왔다는 점을 실감하기는 쉽지 않았다.

이윽고 붉은 베일을 쓴 작은 몸집의 외계인이 우주선에서 뻗어 나온 스피커 쪽으로 절뚝거리면서 다가오더니 연약하고 창백하며 기형처럼 보이는 손을 얹었다. 순간 캐롤에게는 매우 선명한 이미지가 하나 떠올랐다. 캐롤은 눈을 감고 이미지에 집중하면서, 움직이고 여닫히는 자신의 입을 '보았다'. 이미지가 기묘하게 깜박였다. 외계인이 캐롤의 목소리와 스피커가 연결되어 있다는 사실을 알았다는 표시였다. 하지만 마음속 이미지로 어떻게 '예'를 전송할까? 캐롤은, 물론 여기서는 의미 없는 몸짓이겠지만, 고개를 힘차게 끄덕이면서 소리를 내어 말했다. "네! 네. 음, 안녕하세요!"라고, 자신의 입과 스피커를 가리키면서.

작은 외계인이 독특한 소리를 냈다. 웃음이었을까? 외계인의 손이 마이크로폰을 향하는 순간 캐롤은 새로운 경험을 했다. 머릿속에 충격적일 만큼 선명한 마이크로폰의 이미지가 나타난 뒤 문자 그대로 백지상태가 되었다. 말로 설명할 수 없는 경험이었다. 보이지 않는 블라인드가 머릿속에 내려진 것만 같았다. 다음 순간 마이크로폰의 이미지가 다시 나타났고, 백지상태가 뒤를 따랐다. 그리고 마이크로폰의 이미지로 돌아갔다. 머릿속 이미지 두 개는 더 빠른 속도로 번갈아 나타나면서 점멸하는 시퀀스가 되었다. 머리가 어지러워졌다.

하지만 이해할 수 있었다. 인간 목소리 못지않은 분명한 느낌으로 그 외계인이 말하고 있었다. "그런데 이 물건이 뭐라고요?"

질문하는 방법이었다!

뭐라고 대답하면 좋지? 캐롤은 생각나는 대로 전부 해보았다. 외계인을 가리킨 다음 자기 귀를 가리키고(외계인에게는 귀가 아닌 것이 분명하지만), 앵무새처럼 "안녕하세요"라고 소리 내어 반복하면서, 외계인의 입이 말하는 이미지를 계속 떠올리려 했다. 그의 입이 붉은 베일에 가려 보이지 않았기 때문에, 다른 입을 상상했다.

뭔가가 통했다! 외계인이 열성적으로 보이는

몸짓으로 얼굴을 마이크로폰에 갖다 댄 뒤, 캐롤이 뒤로 훌렁 넘어갈 만큼 큰 소리로 말했다. "아녕하세오! 아녕하세오! 에!"

캐롤은 아이처럼 기뻐했다. 둘은 "안녕하세요"와 "아녕하세오"를 스피커와 마이크로폰를 통해 여러 차례 주고받았다.

하지만 바로 새로운 질문이 날아왔다. 점점 뚜렷해지는 머릿속 이미지는 캐롤이 캘거리 호를 나와서 그들 사이를 걷는 장면을 묘사하고 있었다. 그것도 여러 개의 마음이 같은 이미지를 보내는 것처럼 느껴졌다. 캐롤이 몇 분 동안 답을 하지 않자, 이미지가 차츰 외계인들이 캘거리 호로 들어와 만나는 장면과 교차하기 시작했다. 다시 이 두 이미지가 점점 빠르게 교차하면서 혼란스럽게 깜박였다. 그래도 뜻은 단순했다. "나오시겠어요, 아니면 우리가 들어갈까요?"

일어날 일을 전달하기까지는 길고 고된 노력이 필요했다. 캐롤은 출입구가 열리고 공기가 들어온 뒤, 자신이 쓰러지는 모습과 방사능(으로 보이길 바

랐다)이 들어오는 이미지를 떠올리려 열심히 집중
했다. 나이든 거북이 마지막 이미지를 보고 순간
이해를 한 것 같았다. 거북이 어른은 앞으로 걸어
나와 무거운 앞발 하나를 캘거리 호에 올린 뒤 크
게 쓸면서, 그렇지 않다는 뜻을 담은 듯한 몸짓을
했다. 물론이다. 이 세계에서 방사능을 내뿜지 않
는 유일한 물체가 캘거리 호였다.

그들은 이 시점에서 대화를 충분히 나눴다고
판단했거나 지친 듯이 보였다. 꼭 인간들처럼 나무
일꾼들과 함께 공터 가장자리로 가서 둘러앉더니
먹을 것을 꺼냈다. 캐롤은 그 모습을 열심히 바라
보면서 먹고 있는 것이 뭔지 눈으로 보기도 하고
맛도 볼 수 있으면 좋겠다고 생각했다. 육안으로
보기에는 그들 대부분이 음식을 지구 생명체와 비
슷하게 생긴 입으로 먹고 있었지만, 베일 쓴 이들
은 목을 감싼 베일 안으로 밀어 넣고 있었다.

그때 붉은 베일을 쓴 외계인이 캐롤이 바라보
는 것을 눈치챘다. 순간 캐롤의 입과 코에 아주 독
특한 외계 감각이 가득 찼는데(맛이 있다고도 없다

고도 할 수 없었지만, 매우 새로웠다), 그들이 먹고 있던 음식의 맛이 분명했다. 캐롤은 웃으면서 자신이 먹고 있던 치즈와 땅콩버터 맛 식량의 맛을 어렴풋이 재생해서 애정을 담아 전송했다.

간식 시간은 곧 끝났다. 이제 푸른 베일을 쓴 큰 몸집의 외계인과 캥거루 유형의 외계인들이 창으로 다가왔다. 베일을 쓴 외계인은 캐롤을 정면으로 바라보면서, 자리에서 일어나 한 바퀴 도는 시늉을 했다. 무슨 뜻인지 이해할 수 있었다. 이제 캐롤이 관찰을 받을 차례였다. 캐롤은 순순히 몸을 돌리면서 팔을 쭉 뻗고, 입을 열어서 이빨을 보여주고 손가락을 움직였다.

그러자 베일을 쓴 외계인이 맨 위 팔을 들어 올린 뒤, 무언가를 풀어서 베일을 떨어뜨렸다. 뜻은 분명했다. 옷을 벗어요. 잠시 동안 캐롤은 마이크 선장과 관련된 흉흉한 기억들, 그리고 무수히 많은 다른 치욕적인 기억들과 맞서야 했다. 캐롤은 망설였지만, 친절한 외계인의 눈은 계속 같은 요구를 해 왔다. 캐롤이 움직이지 않자, 큰 외계인은 다른 베일을 하나 더 벗은 뒤, 털 없이 매끈한 배와 엉덩이를 드러냈다. 강하게 안심시키는 느낌이 왔다. 물론 이들에게 캐롤의 몸은 연체동물이나 지도만큼이나 중립적인 대상일 것이다. 캐롤은 우주복의 지퍼를 내리고 벗은 다음 속옷도 벗었다. 그 외계인은 캐롤을 격려하듯 동시에 상체를 가린 옷을 벗었다. 캐롤은 함께 온 다른 이들이 요령껏 시선을 피하는 것을 눈치챌 수 있었다.

캐롤은 감탄했다. 인간이라면 생식기와 배설기관이 있을 사타구니에는 매끈한 근육밖에 없었다. 하지만 가슴 부위는 해양 생물들만큼이나 복잡했다. 판막, 입술, 정체를 알 수 없는 덮개들, 돌출부들이 있었다. 그것들은 사적인 부위가 분명했다. 캐롤은 그 외계인의 성별을 전혀 추측할 수가 없었다. 물론 그들에게도 성별이 있다면 말이다.

냉정한 과학적 태도에 있어 둘째가라면 서러운 캐롤은, 자신의 벗은 몸을 보여주면서 인간의 생식 과정을 묘사하는 이미지들을 보내려 시도했다. 반응은 알 수 없었다. 정확히 말하자면, 해석할 수 있는 대답을 듣지는 못했다. 분명 캐롤과 외계인 사이에는 생각만으로 극복할 수 없는 큰 격차가 있었다. 그나마 배설 작용 정도만 비교할 수 있을 만큼 비슷해 보였다.

외계인은 한참 반복하다가 포기하고, 베일을 다시 두르면서 캐롤도 그렇게 하라고 표현했다.

잠시 후 모두가 창문으로 다가왔다. 그리고 캐롤을 경악하게 만들었다. 캐롤이 급작스레 휩싸인 생각 혹은 이미지는, 고함을 지르듯 분명하게 캐롤을 향해 "떠나요!"라고 말하고 있었다.

이미지는 캘거리 호가 다시 공중에 떠서 나선을 그리며 멀어져 가는 모습을 그렸다. 적대적이거나 위협적인 느낌은 없었고, 담담하게 행동만을 지시하고 있었다. 여기서 살 수 없다면 다른 곳으로 가야 한다는 뜻이었다.

"하지만 그럴 수가 없어요!"

캐롤은 절박한 마음으로 부서진 날개를 가리키면서 텅 빈 연료통의 이미지를 보냈다.

캘거리 호가 말 그대로 들어 올려져 대기권 바

깥으로 날아가는 이미지가 대답으로 돌아왔다. 우주선 속도를 줄여주었던 '정신의' 힘과 같은 무엇인가가, 우주선을 들어 올려 궤도로 다시 올려줄 수 있다는 뜻일까?

"아니요! 아니에요! 그렇게는 안 될 거예요!" 캐롤은 캘거리 호가 우주로 들어 올려진 뒤, 다시 대책 없이 떨어지는 이미지들을 보냈다.

하지만 같은 생각이 반복해서 돌아왔다. "당신은⋯ 떠나요." 그리고 그 시퀀스가 계속 반복되었다.

그때 캐롤에게 아이디어가 하나 떠올랐다. 하지만 도무지 변하지 않는 이 세상에서 어떻게 시간을 지칭할 수 있을 것인가? 아, 모래시계가 있다! 캐롤은 온갖 부스러기들과 깨진 유리 조각을 비롯해 우주선 안에 있는 작은 잔해들을 끌어모은 뒤에, 한 손에서 다른 손으로 천천히 떨어지게 했다. 캐롤은 손가락을 꼽으면서 열둘 정도의 숫자를 세었다. 그리고 오염된 공기에 숨이 막힌 뒤 쓰러져서 죽는 장면을 연출했다. 그런 다음에 그 순간이 만족스럽고 기쁘다는 느낌까지 표현하려 노력했다.

거북이 어르신이 맨 먼저 이해한 뒤 다른 이들에게 알려주는 것처럼 보였다.

캐롤은 여기서 오래 살지 않을 것이다.

그러자 외계인들 사이에 짧은 토론이 벌어졌다. 토론이 끝나자 하나씩 창문으로 다가와서 '손'을 올리고 살펴본 다음, 희미하지만 어딘가 심각한 이미지를 전송하려 했다. 캐롤은 자신이 무엇을 수신하는지조차 알 수 없었다. 늙은 거북인간이 마지막 차례로 와서 큰 손을 유리 위에 올렸다. 반사되는 빛을 막아 안을 들여다보려는 것처럼. 이와 더불어 캐롤은 자신에게 무언가가 내뿜어졌다는 사실을 알 수 있었다. 하지만 정확히 무엇인지는 알 수가 없었다.

그리고 그들은 모두 등을 돌리고 걷거나 어슬렁거리거나 폴짝폴짝 뛰어서 '관찰자'가 온 길을 따라 되돌아갔다. 벌목꾼들이 그 뒤를 따랐다. 캐롤은 놀란 채 그 뒷모습을 바라보았다.

캐롤이 홀로 죽게 내버려둔 채, 그들은 떠나버리고 말았다.

글쎄, 뭘 바라고 있었던 거지?

그렇지만 이상했다. 그들은 가령 별들에 대해서도, 캐롤이 어디에서 왔는지도 궁금해하지 않았던 것이다.

맨 마지막으로 전하려던 말은 대체 무슨 내용이었을까? 물론 '안녕'이었을 것이다.

"안녕히 가세요." 캐롤은 스피커를 통해, 외계의 공기에 대고 말했다.

그리고 인정하고 싶지 않은 고독의 시간이 시작되었다. 늪의 아름다움에 둘러싸여 죽기를 기다리는 시간. 캐롤은 아무것도 못 본 채 갇혀서 죽고 싶지 않았다. 머지않아 공기가 다 떨어질 것이다. 캐롤은 그 직전에 밖으로 나가 높은 곳으로 올라가서 주변을 보고 죽기로 결심했다.

캐롤은 충동적으로 지구 시간을 알리는 타이머를 맞췄다. 충돌하는 순간에 멈췄지만, 수동 충전 배터리로 다시 움직이게 만들었다. 지구의 세계를 영영 떠난 마당에 그곳의 시간에 맞춰 죽겠다고 마음을 바꾼 셈이었다. 지구에 대한 향수가 그 정도는 남아 있었다. 그리고 캐롤이 시를 옮겨 적어둔 작은 수첩도.

캐롤은 선장이 망가트린 부분을 손으로 문질러 곱게 펴서 붙여두었다. 사라진 것은 한 장뿐이었다. 캐롤은 기억을 더듬어 사라진 부분을 재구성하는 일에 몰두했다.

더러운 창살을 짚은 섬세한 광기의 손에는,

작은 꽃다발이 들려 있네, 그들이 찢어 나누었던.

비참하게 흩어진 이 (기억 안 남) 풀줄기들

좁은 우리 속 그의 우주를 어리석은 세계가 바라본다.

이죽거리는 자들이여 한심하여라. 오 (기억 안 남) (기억 안 남)

그들은 아는가, 꿈의 예언을

(기억 안 남) 황홀한 와인처럼

그리고 그의 우울이 별들과 벗하게 만드는지

아, 가련한 형제여, 그대를 측은히 여긴다면,

그대가 잃은 두 눈의 약속, 내가 어찌 들어주지 않겠는가?

우둔한 자들의 왕국, (기억 안 남)에서 머나먼 그 모든
나날은 헛되어라.
오, 죽을 운명의 꽃보다 나으리
달이 입 맞춘 그대의 장미들은,
사랑도 잠도 견줄 수 없으리
그대의 느낄 수 없는 시간들, 별의 왕관을 쓴 고독은!

내용이 뒤섞이기는 했지만, 핵심적인 표현들은
기억해낼 수 있었다. 그들은 캐롤을 기나긴 시간과
함께 더러운 창살 뒤에 가둬두었다. 글쎄, 캐롤은
별들은 가져보았다. 이제는 달이 입맞춤한 장미도
있었고 우둔한 자들의 왕국도 있었다. 문을 열고
밖으로 나가서 갖기만 하면 된다.

—

5

착륙한 지 6일째 되는 날 늦은 시간에 다른 누군
가가 찾아왔다. 이제 캐롤에게는 보름쯤의 시간이
남았을 것이다. 길을 내다보는 일은 한참 전에 그만
두었는데, 뭔가가 주의를 강하게 끌어당기는 느낌
이 왔다. 처음에는 아무것도 보이지 않아 시선을 돌
릴 뻔했다. 그 순간 먼 곳에 특이하게 생긴 형체 하
나가 보였다. 캐롤은 재빨리 쌍안경을 들었다.

먼젓번의 '관찰자'와 비슷하게 생긴 외계인이었
지만 색이 불그스름했고, 등에 훨씬 작은 외계인을
업고 있었다. 게다가 그 작은 외계인은 다리가 없

고, 아주 자그마한 팔만 달린 모습이었다. 캐롤은 그들에게서 멀리 떨어진 목적지에 도달했을 때 느끼는 피로감 비슷한 인상을 받은 뒤, 그들이 멀고 먼 길을 왔다고 생각했다.

그때 깨달은 사실이 하나 있었다. 이 세계는 거대했고, 이곳에서 쓰이는 운송 수단은 혹시 있더라도 전혀 알 수 없었다. 어쩌면 캘거리 호를 보고 싶어도 먼 곳에서 올 방법이 걸어오는 것 말고는 없는 것이 아닐까?

캐롤은 새로 등장한 외계인들이 피곤한 여정을 거쳐 맨눈으로 볼 수 있는 거리까지 다가오는 모습을 눈도 깜박이지 않고 보았다. 더 큰 외계인이 고개를 들었다. 캐롤이 기다리는 모습을 본 게 틀림없었다. 어떤 느낌이 무방비 상태의 캐롤을 덮치며 뒤흔들었다. 그것은 기쁨에 차서 환호하는 느낌이었다.

아직 살아 있어서 정말 다행이다! 이 외계인은 자신이 너무 늦게 온 것 아닌지, 도착하기 전에 캐롤이 이미 죽었으면 어떻게 하면 좋을지 두려워하고 있었다는 느낌이 분명하게 전달되었다.

외계인이 더 가까이 오자 큰 외계인의 머리에 특이한 점이 있다는 사실을 깨닫게 되었다. 다른 외계인들에게는 바짝 선 귀 내지는 뿔과 같은 더듬이가 달려 있었다면, 이 외계인은 삼각형의 크고 보송보송한 덮개가 눈 방향으로 드리워져 있었다. 어디서 이런 걸 봤더라? 아, 이런! 캐롤은 어디였는지 깨닫고는 배가 아플 지경으로 웃었다. 세모꼴로 접힌, 돼지의 커다란 귓바퀴였다! 주둥이는 캐롤처럼 납작했다.

별님들, 이건 대체 무슨 우주적 농담인가요?

몸의 나머지 부분은 돼지와 전혀 닮지 않았지만, 큰 외계인은 동행을 업고 여행하느라 기진맥진하고 수척한 듯이 보였다. 처음 보았던 관찰자보다는 털가죽이 더 거칠었고 침침한 붉은색을 띠고 있었다. 가슴 부분에는 얇은 조끼를 걸치고 있었는데, 등 쪽으로 매듭지어 묶은 이 조끼를 위에 탄 일행이 붙잡고 있었다. 망토도 두르고 있었다. 눈은 다른 외계인들만큼 비정상적으로 크지는 않았다. 흰자위가 보이지 않는 눈은 인간의 눈과 닮아 있었고 빛깔이 옅었다. 그 외계인은 네 발로 걷기도 하고 흥분해서인지 폴짝폴짝 뛰기도 했는데, 어깨는 엉덩이보다 낮았고 뭉뚝한 꼬리가 반대편으로 뻗어 있었다.

그 생물은 캘거리 호로 다가온 뒤, 시선을 캐롤로부터 부서진 우주선으로 돌렸다. 그 순간 별들이 점점이 박힌 칠흑 같은 우주 공간의 영상이 캐롤의 머리를 채웠다. 머리 위로 드리운 라벤더 빛 구름 천장, 추락하는 동안 시야를 완전히 가렸던 200킬로미터 두께의 구름 이미지가 가끔 교차했다. 그리고 다시 별들의 이미지로 돌아왔다. 이 별들은 캐롤이 수백 번은 족히 바뀐 각도에서 봤던 것과 같은 모습이었다.

캐롤은 새롭고 흥미로운 이미지들을 수신하기 시작했다.

이 생물 내지는 사람은 캘거리 호로 천천히 다가오면서 등에 탄 일행이 미끄러지지 않도록 몸을 조심스럽게 최대한 일으킨 뒤, 가녀린 앞발 한쪽과 다른쪽 발을 차례차례 캘거리 호의 부서진 날개에

올렸다. 어떤 느낌인지 이제 분명했다.

경외감이었다. 영혼은 별에 대한 갈망으로 가득했지만, 맑은 날 없이 두껍게 드리운 구름이 별들을 저 바깥에 꼭꼭 숨기고 있었다. 몸짓은 말로 표현하는 것과 다를 바 없이 선명하게 말했다. "이것 이것은 별에서 왔다!"

외계인이 눈을 들고 캐롤을 바라보면서 입술을 열다가 오므린 듯한 기묘한 모양을 만들었다. "ㄸ" 발음을 하려 애쓰는 아이의 입술 모습 같았다. 처음에는 무슨 뜻인지 알 수가 없었지만, 그가 보내온 이미지를 보고 나자 이해할 수 있었다. 이상하게 과장되기는 했어도, 캐롤 자신의 모습이 별들 가운데에 있었다. 캐롤은 자신의 경험에 견주어서 무슨 뜻인지를 파악했다.

"당신…, 당신, 그러니까 지적 외계인은 별에서 여기까지 왔군요! 우리들의 저 무거운 하늘 너머 바깥에 생명이 있군요!"

그 외계인은 마치 캘거리 호와 캐롤 자신을 숭배하는 듯 보였다. 아니, 그보다는, 캐롤과 캘거리 호가 그에게 평생 가장 소중하고 신나는 존재였다. 오로지 그만이 그들 가운데서 유일하게 저 하늘 너머에 생명이 존재한다고 주장했던 건 아닐까? 이제는 그가 옳았다는 사실이 증명된 것이다. 캐롤은 같은 느낌을 체험했던 인간 천문학자를 만나본 적이 있었다.

큰 외계인은 이제 날개 토막으로 기어 올라와, 눈을 가리지 않도록 아름다운 귀를 뒤로 젖힌 채 캘거리 호 내부를 들여다보고 있었다. 가까이서 본 외계인의 입과 코는 구조가 복잡했고 보송보송한 털이 돋아 있었다. 이 생물이 선체 내부를 살피다가 캐롤을 바라보다가 하는 동안, 등에 타고 있던 작은 몸집의 일행도 우주선 날개로 기어 내려와 조그마한 팔로 민첩하게 기어 움직였다. 작은 외계인에게는 크고 굵으며 물건을 잡을 수 있을 것처럼 보이는 꼬리가 달려서, 사라진 다리를 대신해 이동을 보조하는 구실을 했다. 털 없는 맨살은 비듬투성이였고 주름이 자글자글했다. 캐롤은 이 생물이 매우 늙었다는 사실을 알아챘다. 이 생물은 캘거리 호의 길이와 폭, 그리고 크기 자체에 관심이 있는 듯 보였다.

하지만 큰 외계인의 고개가 계속 아래로 떨어졌다. 피곤에 지친 것이 분명했다. 눈꺼풀을 다시 올리려고 아무리 애를 써도 계속 감기는 모습이 보였다. 이 생물은 날개 토막과 창 사이에 있는 틈새에 망토 자락도 풀지 않고 불편한 자세로 쓰러졌다. 간신히 깨어 있는 동안에는 줄곧 캐롤 쪽을 바라보았다. 캐롤은 순간 이 생물이 어디가 아프거나 죽어가고 있는 건 아닌지 걱정했다. 그러자 큰 외계인이 기력을 회복한 뒤 번쩍 일어나는 희미한 이미지가 전해져 왔다.

캐롤은 그가 몸에 두르고 있는 망토를 풀어서 머릿밑에 베개로 받쳐줄 수 있으면 하고 바랐다. 작고 나이 많은 외계인은 캐롤의 말을 '듣고' 있는 것처럼, 바로 자신의 몸을 끌어당겨서 큰 외계인의 머리를 받쳐주었다.

그리고 작은 외계인은 밝게 빛나는 눈을 캐롤로 향했다. 친구보다는 훨씬 덜 지친 모습이었다. 전달할 내용이 있는 듯했다. 캘거리 호를 착륙시키려고 애쓰던 순간의 캐롤 자신의 손 모양이 전해졌다. 무슨 뜻일까?

작은 생물은 짜증이 난 것처럼, 날개 뿌리에 달린 추진 로켓의 잔해 쪽으로 몸을 끌어당겼다. 노인의 행동과 어린이의 행동이 기묘하게 조합된 모습이었다. 그 생물은 로켓을 두드리고, 캐롤을 가리킨 다음 자기 자신을 가리켰다. 여기서 누군가가 손으로 무언가를 가리키는 모습은 처음이었다.

캘거리 호가 하강하는 모습이 다시 전달되었다. 캐롤이 당황해하자, 낌새를 알아차린 늙은 생명체가 날개 위에 있던 굵은 나뭇가지를 집어서 들어 올렸다가 떨어뜨렸다.

나뭇가지가 빠르게 떨어지다가 속도가 점점 느려지더니 바닥에 닿기 전에 정지했다. 캐롤이 바라보는 도중에 나뭇가지는 운동 방향을 바꿔서 다시 천천히 위로 올라가더니, 외계인의 손으로 들어갔다.

캐롤은 뚫어지게 이 광경을 바라보다가 눈이 쓰라려서 의식적으로 눈을 깜박여야 했다. 의지만으로 물건을 움직이는 행위였다. 그렇다면 염력이 아니고 뭐란 말인가!

외계인은 이 행위를 하고 난 뒤 피곤해 보였지만 손 한쪽을 든 채 캐롤을 주시했다. 인간의 몸짓 언어였다면 "주목!"이라는 뜻이었다.

캐롤은 '주목'했다. 외계인은 작고 주름진 얼굴을 찌푸리면서 눈을 감았다.

그리고 캘거리 호가 흔들렸다. 깜짝 놀랄 만한 출렁임이었다.

이 외계인에게는 무게를 들어 올리는 물리력이 있는 것이 분명했다. 당기는 힘이 어찌나 강한지, 부서진 우주선 바닥 표면이 진흙을 빨아올리는 소리까지 들렸다.

믿어야만 했다.

정말 믿을 수 없는 일이었지만, 이 자그마한 늙은 생물이 캘거리 호의 속도를 늦추고 안전하게 착륙시킨 힘의 근원이었거나, 그런 힘을 발휘했던 것이다. 그 힘은 어떤 방식으로든 수천 킬로미터의 거리를 넘어서 이곳으로 돌진하고 있는 무거운 우주선을 감속시켰다.

생명의 은인이었다.

캐롤은 고맙다는 말을 어떻게 할지, 감사의 뜻을 어떻게 표현해야 할지 몰랐다. 연신 머리를 끄덕이면서 감사의 마음을 보낼 수밖에 없었다. 캐롤은 스피커를 통해 더듬더듬 말했다. "감사합니다, 아, 감사합니다!" 기울어진 바닥 위에 무릎까지 꿇었지만, 여전히 만족스럽지 않았다.

이 작고 늙은 존재는 스피커에서 몸을 돌렸지만, 캐롤이 알아들었다는 사실을 이해한 듯 보였다. 이 생물은 힘들어서 가쁜 숨을 몰아쉬고 있었다. 하지만 몇 분 쉰 뒤, 다시 새로운 행동을 했다. 스피커로 다가온 다음 자신을 가리키면서 큰 소리로 말했다. "타닥."

이 생물은 다행히 마이크로폰에 닿을 만큼 크게 말했다.

"타닥." 자신을 거듭 가리키면서 다시 말했다.

그것이 그의 이름이었다. 캐롤이 알게 된 첫 이름!

"타닥, 안녕하세요. 타닥!" 캐롤은 열심히 외쳤다. 하지만 그 생물은 다시 짜증이 난 듯 보였다. 내

정신 좀 보게. 캐롤이 자신을 가리키며 말했다. "캐롤."

생물이 캐롤을 대충 따라 했지만, 소리가 너무 희미해서 잘 들리지 않았다. 캐롤은 마음이 약간 산만해졌지만, 감사를 표시하고 싶었기 때문에 아이디어를 하나 떠올렸다. 다만 산소를 몇 리터 잃게 될 터였다. 캐롤은 저도 모르게 생각하고 나서 그런 자신을 꾸짖었다. 참 너무하네. 생명을 구해준 대가인걸.

캐롤은 타닥에게 몸짓을 보여주면서 자신에게 가장 소중했던 인간의 물건을 쥐었다. 옷깃에 달려 있던 황금색 비행 배지였다. 타닥은 캐롤이 배지를 꽂고 잠그는 법을 보여주자 열심히 바라보았다.

그리고 캐롤은 계기판 아래로 기어들어 간 뒤, 낡은 윤활유 주입 밸브의 연결부를 해제하고 그 위치를 알려주기 위해 안에 있는 뚜껑을 세게 두들겼다. 바깥에서 두들기는 소리가 확인되자 배지를 입구에 놓고 뚜껑을 닫았다. 소통을 위해 상당한 노력이 필요했다. 이 세계에서는, 또는 타닥은 이런 버튼과 나사 형태의 잠금장치가 낯선 것 같았다. 마침내 심한 마찰음이 들렸다. 캐롤은 이 생물이 뚜껑을 벗기려고 염력을 썼다고 추측했다.

타닥은 힘이 빠진 채 다시 보이는 곳으로 기어 온 뒤 헉헉대면서, 마디마디가 불거진 손가락으로 빛나는 장신구를 움켜쥔 채, 경의의 뜻을 담은 듯한 몸짓으로 가슴에 댄 다음, 감탄하는 것 같은 표정을 지으며 하늘을 향해 쳐든 얼굴 위로 가져갔다. 그 빛나는 눈동자는 옆에 있는 캐롤로 향한 뒤, 정말로 기쁘고 장난기 어린 눈빛을 머금었다. 늙은 얼굴에 주름이 깊게 파였다.

그리고 캘거리 호가 다시 솟구쳤다. 아까보다 높이. 그리고 캐롤을 조금 긴장시킬 만큼 세게 바닥에 쿵 떨어졌다.

창문 곁에서 잠들었던 외계인이 항의하듯 신음 소리를 냈다.

하지만 타닥은 이제 정말로 지쳤는지, 마지막 힘을 쥐어짜서 친구가 누워 있는 곳으로 올라가 그 곁에 누웠다. 작은 손 하나가 캐롤 쪽으로 뻗은 뒤

툭 떨어졌다. 캐롤은 새로 온 손님들이 잠든 모습을 홀로 바라보게 되었다.

캐롤 역시 잠에 빠져드는 느낌이었다. 이 세계에는 캐롤의 세상에서 흔히 겪는 위험은 없는 것이 분명했다. 여기 거주자들은 개방된 공간에서 무방비 상태로 눕는 데 두려움이 없었다. 타닥이 잠잠해지자, 캐롤은 그가 얼마나 늙고 연약한지 눈으로 확인할 수 있었다.

감동이 채 가시지 않은 캐롤의 나른한 의식이, 큰 외계인의 머리와 부드럽게 접힌 귀에서 멈추었다. 평생 '돼지제국'에서의 삶을 꿈꿨지만, 돼지의 머리가 이처럼 아름답고 품위 있을 수 있으리라고는 상상해본 적이 없었다. 외계인의 목에 걸린 빛나는 금속 사슬 목걸이에 메달 비슷한 것이 달려 있었다. 몸에 두른 망토에는 자수가 아름답게 수놓였다. 캐롤을 찾아온 신기한 손님들은, 혹시 이곳에도 가난이 있다면 말이지만, 가난하지는 않은 것이 분명했다. 캐롤은 계속 그들을 살피다가 잠에 빠져든 뒤, 고향인 제국에 안전하게 도착하는 옛이야기들과 별들의 꿈을 꾸었다.

손님들이 더 찾아오면서 그들을 모두 깨웠다.

캐롤이 정신을 차렸을 즈음에는 새로운 손님들이 공터로 들어와서 캘거리 호를 조용히 에워싸고 있었다. 바깥에 달린 마이크로폰으로 전달되는 말소리가 캐롤의 잠을 깨웠다. 이상한 노란 빛의 둥실둥실한 형체들이 창문 바로 곁에서 눈을 가늘게 뜬 채 캐롤을 바라보는 중이었다. 그들 너머로는 창백하고 어두운 외계인의 모습들이 사방에 보였다.

당황한 캐롤은 반사적으로 계기판 아래 숨었다. 경찰? 군대? 적 비슷한 것일까?

하지만 조심스럽게 바깥을 내다본 뒤에 안심할 수 있었다.

캐롤의 새로운 두 '친구들'은 새로 도착한 이들과 차분하고 즐겁게 인사를 나누고 있었다. 귀가 접힌 외계인은 팔을 들어서 새로 온 무리와 손바닥을 마주쳤고, 타닥은 큰 거북이 모양 외계인의 등딱지로 기어 올라가 그 등에 탄 채 캘거리 호 주위를 돌면서 새로 도착한 이들과 손 인사를 했다. 손바닥을 마주 대는 이 인사법은 인간의 악수와 여러모로 비슷했다. 인간이 오랜 친구나 새로 생긴 친구, 공식적인 자리에서 악수할 때 손의 위치와 마주 잡는 시간이 각각 다른 것처럼, 이 인사법에도 매번 미묘한 차이가 있었다. 캐롤이 보기에는 새로 온 이들도 대부분 여행에 지쳐 있었다. 그중 일부만이 활기찬 모습이었다. 숫자를 세기는 힘들었지만, 약 30명 정도의 이방인들이 도착했지 싶었다. 새로운 점도 눈에 띄었다. 낮게 그르렁대는 소리가 사방에서 들렸다. 새로 온 외계인 중 상당수가 목소리로 말을 하는 것이 분명했다. 그렇다면 그전에 만난 이들은 모두 텔레파시 전문가였던 것일까?

그들은 캐롤이 깨어난 것을 알아차렸다. 목소리들이 커지면서 흥분감을 드러냈다. 모두 창문 곁으로 모여 자리를 잡았다. 한가한 여행객이 아닌 건 분명했다. 회의 비슷한 것이 시작되는 중이었다. 캐롤을 이 별에서 내보내려는 최후통첩이나 계획 같은 것일까?

캐롤은 손과 얼굴에 급히 물을 끼얹었고, 한 번 더 쓰기 위해 물을 보관한 뒤 화장실로 들어갔다. 안에서 문을 닫자, 너무나 역력한 실망의 기색이 캐롤에게까지 전해졌다. 캐롤은 혼자 싱긋 웃었다. 어쩌면 나중에는 지구 습관은 전부 버려야 할지도 모르겠군. 어쩌면.

캐롤은 아침 식사용 바와 저절로 끓는 커피를 들고 창가로 돌아왔다. 새로 만난 두 친구는 바깥에 머무르면서 캐롤의 공식적인 통역자 또는 보호자 노릇을 하는 모양이었다. 좋다. 이제 들어보자.

정말 이상하게 생긴 큰 몸집의 외계인이 앞으로 나와 손바닥을 들어 올리고 격식을 갖춰 인사했다. 주름진 그의 몸은 어두운 황톳빛 주홍색과 파란색을 띠었고, 거대하게 솟은 뿔과 가늘게 뜬 눈이 달려 있었다. 몸에는 민달팽이 같은 점막과 뒤로 뻗은 다리가 복잡하게 뒤얽혀 있어서, 몸에 걸친 복잡한 의상 및 장비들과 분간되지 않았다. 그또한 여행에 지쳐 있었는데, 캐롤은 우주선 밖의 외계인들 모두 그가 대변인 내지는 지도자로 나서

기를 기다리고 있다는 인상을 받았다.

그는 분명 마음으로 소통하는 능력이 있었다. 우주선 날개 위에 있는 둘 중 하나가 보조를 하는 듯했다. 흐릿한 이미지가 캐롤의 머릿속에서 구성되었다. 캐롤은 눈을 감고 집중한 다음, 캘거리 호로 돌아온 자신의 모습을 '보았다'. 그랬다. 캐롤은 이 창에서 저 창으로 돌아다니며 우주 공간 전체를 탐색하고 있었다. 목소리가 없던 마지막의 긴 시간 동안 했던 일이었다. 제국이 사라지고 난 뒤, 눈에 보이는 우주를 흐뭇한 마음으로, 그러나 체계적으로 탐사하던 시기였다.

캐롤은 충동적으로 눈을 뜬 뒤에 사물함에서 항성 지도를 끄집어냈다.

뚜렷한 흥분과 기쁨의 인상이 전달되었다. 이제는 소통에 덧씌워진 이상한 '분위기'도 분명히 느껴졌다. 뿔이 난 외계인이 보내는 느낌은 그런 분위기가 더욱 강했다. 익숙한 느낌이었다!

타닥과 그의 몸집 큰 친구는 캐롤이 지도를 바깥으로 내보낼 수 없는 이유, 그리고 곧 확보할 수 있게 될 것이라는 사실을 캐롤을 도와 설명하고 있었다. 캐롤은 기억을 더듬어서 그 '분위기'가 무엇이었는지 기억해냈다.

왜 아니겠는가. 이 노정에 들어선 이래로 캐롤이 생각을 '전송받던' 송신자는 결국 이 외계인들이었다. 캐롤이 듣기에는 너무 작은 목소리였지만, 혼자가 아니라고, '괜찮아'라고 느끼기는 했었다. 그게 달리 누구였겠는가?

아! 캐롤이 생각하는 도중에 아주 강렬한 현상이 새로 발생했다. 나무를 치운 공터에 둘러선 이들의 머리 위와 그 주변으로 작은 별들의 빛무리가 나타났다. 어떤 점들은 매우 흐릿해서 바늘 끝만한 빛 알갱이 하나가 떠도는 정도였지만, 일부는 눈부신 빛으로 조명된 어둠의 동그라미들이었다. 그리고 모두 사라졌다.

캐롤에게 찾아온 이들은 이 세계의 천문학자들이었다.

하지만 바깥과 차단되고 태양도 없는 곳, 우주비행이 분명 없는 이 세계에 '천문학자'가 있다고?

별의 존재는 대체 어떻게 알게 된 것일까? 캐롤이 옛날에 읽었던 동화처럼, 가끔씩 구름이 걷힌 것일까? 잘못된 짐작이었지만, 그 수수께끼는 이후 캐롤의 생애에서 가장 힘들면서도 즐거웠던 스무 시간 동안 밝혀졌다.

그들은 모든 것을 알고자 했다.

각각의 천문학자가 자신에게 가장 중요하다고 느껴지는 질문을 생각해냈다. 그리고 걷고 구불대고 기고 뛰어서 차례차례 앞으로 '질문하러' 나왔다. 하지만 몸집이 크고 뿔이 달린 외계인이 너무나 포괄적인 내용을 '물었기' 때문에 순서를 기다리고 있던 다른 많은 질문이 소용없어졌다.

별밭의 이미지가 캐롤의 마음속에서 피어올랐다. 캘거리 호를 타고 오는 동안 부지불식간에 그들에게 '보여주었던' 온갖 종류의 별들이었다. 별들은 곧 하나로 뭉친 모습이 되었지만, 그전까지는 각각의 개별적인 모습이 선명하게 묘사되었다.

매우 강렬한 백지상태가 이 멋진 이미지의 뒤를 이어 나타났다. 그리고 별들이 돌아왔다가 다시 백지상태로 돌아갔다. 그 속도가 빨라지면서 이제는 의미가 익숙해진 깜박임이 되었다.

"별들이란 무엇인가요?"

휴.

캐롤은 언어의 힘을 빌지 않은 채로, 거리, 운동, 힘, 물질, 열을 어떻게 이해하고 측정하는지조차 알 수 없는 종족에게 우주를 설명해야 했다.

나중에 돌이켜보니 대부분 뒤죽박죽이었지만, 캐롤은 썩 괜찮은 작업을 해냈다고 생각했다. 따지고 보면 캐롤 자신이 사랑하던 공부 주제였고, 아마추어 수준의 이해를 담고 있는 내용이었다.

먼저 에너지와 거리의 개념들을 전달하려고 기억을 떠올렸다. 캐롤은 구식 영상 교육 자료에 등장하는 특수 효과를 응용했다. 우선 이 세계, '아울른'의 표면을 위에서 내려다보는 모습으로 떠올린 뒤, 이 세계가 별들 속에 있는 라벤더 빛 점 하나가 될 때까지 뒤로 '물러선' 뒤에, 비교를 위해 근처에 있는 작은 별들을 가까이 '끌어당겨' 그와 같은 별들의 표면에서 분출되는 핵융합의 불길을 아울른에서 진행되는 차갑고 약한 과정과 나란히 놓았다. 캐롤은 성간물질로 별을 '만들어서' 적색거성과 신성으로 진화시킨 후, 그 잔해의 밀도를 높여 행성의 모양으로 응축시켰다. 그리고 그 행성 위에서 '생명을 창조'한 다음 고향인 지구를 사례로 보여주고(전형적인 천문학자인 이들은 생명현상에는 큰 관심이 없었다), 뒤로 다시 물러나 은하수를 만들고 그 너머로 은하계를 만들고, 마지막으로는 팽창하는 우주의 이미지를 만들었다.

이 시점에서 캐롤은 모든 기력이 소진되어 잠시 멈추었다.

캐롤이 쉬고 먹는 동안, 누군가가 '이들은 어떻게 별의 존재를 알 수 있었던 것일까?' 하는 캐롤의 궁금증에 대한 답을 보냈다.

캐롤은 새로운 유형의 이미지를 수신했다. 이미지가 액자 구조로 되어 있었다! 사실은 이 틀은 겹겹으로 이루어진 구조였다. 틀 속에 다른 틀이 있었다. 이미지의 세부 요소들은 이상하게 흐릿했다. 하지만 선명한 요소가 하나 있었다. 무엇인지 식별할 수는 없었지만, 기이한 금속 잔해가 지각이 균열된 곳에 흩뿌려져 있었다. 흩어진 잔해는 대부분 선명한 초록빛을 띠고 있었으며, 가운데에는 공이나 기둥 모양의 물체가 있었다. 아, 잠깐, 머리였다. 인간의 것은 아니었다. 이 외계인들은 우주비행을 실제로 시도했던 걸까?

그건 아니었다. 틀 안의 이미지가 확대되어 불덩이가 구름을 뚫고 긴 궤적을 그리며 내려온 다음 초록색 액체를 뒤집어쓴 머리로 돌아갔다. 깨진 모습이긴 했지만, 아울른에서 본 누구와도 유형이 전혀 달랐다. 캐롤의 궁금증을 해소해주려는 듯, 귀가 접히고 색깔이 붉은 '캐롤의' 외계인이 몸을 숙이고 다리에 두른 천을 걷어내서 아물고 있는 상처를 보여주었다. 그의 피는 캐롤과 마찬가지로 붉었다.

그러니까, 또 다른 진짜 외계인이 여기에 불시착했던 것이다! 그것도 오래전에. 겹겹이 등장하는 틀과 흐릿한 이미지는 그 장면이 여러 차례 반복적으로 전송되었다는 점을 암시했다. 하지만 우주에서 온 이 외계인은 분명 죽어 있었다. 그렇다면 어떻게?

처음 방문한 이들 사이에서 보았던 부리 달린 '수생동물'의 머리가 이미지 속으로 들어왔다. 그 생물의 눈은 엄청나게 컸고, 어떤 이유에선지 매우 특별해 보였다. 그 생물은 자기 머리를 죽은 우주인의 머리에 댔다. 그러자 우주에서만 보이는 별빛 가득한 하늘과 아울른의 모습이 희미한 이미지로 나타났다. 이상했다.

그러니까, 그들은 몇 세대 전에 외계 공간과 별들의 존재를 알게 되었던 것이다. 죽은 두뇌를 읽어서!

이 사실을 알게 되자 너무나 신이 난 캐롤은, 현대의 사건임에 분명한 이미지들의 시퀀스는 거의 알아차리지도 못했다. 날갯짓 비슷한 움직임이 캐롤의 주의를 되돌려놓았다. 캐롤은 때맞춰 다시 눈을 감고, 새처럼 생긴 생명체가 날갯짓하면서 필사적으로 높이, 더 높이 올라가려 하는 모습을 '보았다'. 날개가 견딜 수 있는 것보다, 호흡이 가능한 것보다 훨씬 더 높이 날아오르거나 들어 올려지는 것처럼 보였다. 이미지가 바뀌었다. 지상에서는 '천리안'이 죽어가는 새의 눈을 통해 주위 광경을 보고 있었다. 그 눈이 기묘하게 주목하고 있는 것은 점점 옅어지면서 어두워지는 구름의 이미지였다. 새의 눈이 죽기 직전에 구름 위로 균열이 생겼다. 밝은 별 두 개가 비추는 어둠이 잠깐이지만 보였다.

살아 있는 망원경이었다! 하지만 이 시퀀스가 전달되는 '분위기'는 슬픔과 부정 비슷한 느낌을 주었다. 이들은 이런 무자비한 기술을 아마 망설이면서, 극히 제한적으로만 사용한다는 느낌이 들었다. 더 쓸모가 있을 만큼 오래 버티지는 못했어도 별들이 정말로 존재한다는 사실을 확인하기에는 충분했다.

이후 몇 시간에 걸쳐 질문과 대답이 오갔다. 질문을 보내고, 이해하고, 소통이 거의 불가능한 내용들을 시각적으로 표현하는 방법을 고안하면서 아주 중요한 것은 빠트리지 않도록 우주에 대한 자신의 지식을 나누는 시간이었다. 캐롤은 흐릿하게 뭉뚱그려진 기억 속에서 딱 두 가지만 돌이킬 수 있었다.

첫째는 별과 은하계의 장엄한 모습을 담은 총천연색 사진이었다. 가엾은 도널드 램이 모아둔 것들로, 헤집어 찾아낸 뒤 외계인들이 볼 수 있도록 창문에 붙였다. 사진들은 대소동을 불러일으켰다. 군중이 모여들어 캘거리 호가 뒤집힐 뻔했다.

다른 하나는 지구인을 비롯해 공격적 성향의 다른 종족들이 아울른을 발견했을 때 벌어질 수 있는 일들에 대한 시각적인 경고였다.

분위기는 찬물을 끼얹은 듯했다. 하지만 일부에게는 난생처음으로 알게 된 가능성이 아니라는 점을 감지할 수 있었다. 캐롤은 인간이 만들어낸 원자 폭탄, 로봇 무기, 공중폭격 등 보낼 수 있는 모든 내용을 이미지로 전송했다. 이들은 진지하게 받아들이는 것 같았다. 걱정스러운 생각이었지만, 캐롤이 할 수 있는 일은 다 했다. 염력과 텔레파시 능력을 지닌 종족이니까, 타인의 정신을 교란하는 적당한 방어 체계를 만들어낼지도 모른다. 제발 그렇게 할 수 있다면 좋겠다!

그리고 결국, 지구 시간으로 하루를 꼬박 넘겨 잠도 없이 계속된 질문과 대답이 끝나자, 그들은 왔을 때와 마찬가지로 갑자기 떠났다. 모두 캐롤에게 두 손을 들어 작별 인사를 했다. 타닥도 강인하고 젊은 외계인의 등딱지를 타고 떠났다. 하지만 귀가 접힌 큰 친구는 남을 준비를 하는 것처럼 보였다. 위로가 되고 기쁜 일이었다. 캐롤은 어느새 그의 기색을 주의 깊게 살피고 있었다. 어떤 이유에선지, 그는 매우 각별한 존재였다.

생명체들이 중국어 비슷한 높은 톤의 목소리로 대화를 나누면서 각자 갈 길로 뿔뿔이 흩어지는 광경을 보고 있노라니, 한두 명은 우주선 옆에 난 길을 돌아 언덕 뒤로 사라졌다. 다른 생물들이 멈춰서서 망토와 식량을 건네주는 장면을 보고 그 행동의 의미를 짐작할 수 있었다. 어쩌면 다른 먼 길로 돌아가려는 계획인지도 몰랐다. 그들은 캐롤을 금세 잊어버렸다.

모두 떠나서 길이 텅 비자, 캐롤이 조심스럽게 친구로 생각하기 시작한 외계인이 창문 옆의 날개 토막으로 올라왔다. 그리고 캐롤을 바라보았다. 맨 처음 본 것과 같은 표정이었다. 하지만 이제는 무언가를 찾는 듯한 깊고 그윽한 눈망울로 캐롤의 눈동자만 들여다보았다. 무작위적인 것으로 보이는 독특한 이미지들이 캐롤의 마음속으로 들어왔다. 예전 학창 시절의 기숙사와 거주 구역의 거리들. 캐롤이 처음으로 갖게 된 진짜 책상. 그리고 그 이미지들 속에는 캐롤이 마지못해 알아볼 수밖에 없는 모습이 하나 있었다. 캐롤 자신의 모습이었다.

떨리기 시작했다.

이 이미지들은…, 자신의 기억이 아니었다.

과거의 장면들이 더 나타났다. 그 장면들의 연결 고리는 붉은 금색으로 반들거리는 정수리였다. 캐롤의 머리카락일까?

이 모든 장면을 아는 사람은 캐롤밖에 없었다.

그리고 딱 한 사람만 더 알고 있었다.

그런 것일까? 지금 바라보고 있는 것이 그였을까? 앞에 있는 존재가 평생 캐롤에게 '말을 걸었던' 외계의 존재일까? 이것이 캐롤의 '목소리'였을까?

몸이 걷잡을 수 없이 부들부들 떨렸다.

그러자 캐롤의 '친구'가 올라와서 두 개의 납작한 손을 머리 곁의 창에 얹었다.

심장 깊은 곳까지 전율이 밀려왔다.

캐롤은, 그저 자신의 모습을 더 잘 보려는 것이라고 생각하려 애썼다. 하지만 흐릿하게나마 그럴 리가 없다는 사실을 깨달았다. 빛이 그리 밝지 않아서 비트렉스 창의 반사가 심하지 않았기 때문이다.

이건, 아, 제발, 안 돼. 또다시 그렇게 되지는 않게 해줘, 공식적인 마지막 인사라니. 캐롤의 삶을 지탱해주면서 평생을 함께해 온 이가, 그 모든 어두운 밤들과 고통을 함께하면서 이리로 오라고 말해주었던 이가 건네는 작별 인사라니.

창문으로 손을 가져다 대라는 이미지가 급히 전달되었다. 반응을 해야만 했다.

아, 제발. 캐롤은 허공에 대고 간청했다. 당신에게까지 작별 인사를 듣고 싶지 않아요. 당신은 안 돼요, 나의 목소리…. 나를 혼자 내버려두지 말아요. 혼자 죽도록 내버려두지 말아요. 통제할 수 없는 깊은 슬픔으로 커다란 눈물방울이 뚝뚝 떨어졌다. 캐롤은 마음을 다독이기 위해, 대답 없는 자신이 다른 손님들 눈에는 얼마나 무례하게 보였을지 생각했다.

그래도 이번에는 제대로 된 답례 인사를 해야지. 캐롤을 향한 그의 마음은 작별 인사를 중요한 것으로 만들기에 충분했다. 그래야지. 캐롤은 마음을 추스르고 나면 답을 할 생각이었다.

그때 날개가 쿵 소리가 나면서 흔들렸다. 인간의 것과 비슷하지만, 훨씬 더 강한 발길로 외계인이 우주선을 찼다. 다른 일행에게 어서 합류하고 싶은 마음에 초조해진 걸까? 그는 다시 더 세게 발을 구르면서 손바닥을 창문에 내리치고, 캐롤이 비트렉스 창의 반대편에서 자신과 손을 마주 대고 있는 이미지를 강경한 느낌을 담아 보냈다.

그럼, 알겠어요. 안녕히.

캐롤은 그렁그렁한 눈물로 앞이 보이지 않는 가운데 일어서서, 붉고 흰 자국이 드리워진 곳 근처에 손바닥을 댔다. 그 외계인은 화가 난 듯한 소리를 내면서 두 사람의 손이 가능한 한 많이 겹치도록 손을 옮겼다.

그리고 뭔가가 흐르기 시작했다. 비트렉스 창이 달아오르는 느낌이었다. 정확히는, 뜨겁다기보다는 전류가 흐르는 느낌이었다. 창이 살아 움직이는 것 같았다. 캐롤이 너무 심하게 떠는 바람에 손이 아래로 미끄러졌다. 바깥에서 다시 발을 구르는 느낌이 전해졌다. 캐롤은 손을 원위치로 돌려놓았다. '전류'가 다시 흐르자, 느낌, 이미지, 비언어적인 앎, 그리고 알 수 없는 무언가가 뭉글뭉글 피어오르면서, 손바닥을 통해 몸 안으로 흘러들었다.

외계인은 캐롤의 눈을 마주 바라보면서 손을 머리 방향으로 움직였다. 캐롤의 손도 경련을 일으키면서 그 동작을 따랐다.

감정들이 점점 강해지면서 캐롤을 압도했다. 캐롤은 무릎이 꺾여 주저앉았다. 외계인도 그렇게 했다. 5센티미터 두께의 단단한 비트렉스 너머로 손바닥을 마주 잡은 채. 캐롤이 손을 떼어내려 했어도 그럴 수 없었을 것이다.

하지만 죽는 한이 있어도 손을 놓고 싶지 않았다. 이제 차츰 깨달아 가는 중이었다. 아, 캐롤은, 믿기 어려운 사실을 깨닫고 있었다. 캐롤 평생에 걸쳐….

갑자기 울림이 깊은 우렁찬 소리가 캐롤을 놀라

게 했다. 외계인의 목소리였다.

몇 차례 듣고 난 뒤에야 그 말을 알아들을 수 있었다.

"캐…롤. 캐…롤…와…서…여…."

틀림없었다. 이상하고 뚝뚝 끊기는 소리였지만, 캐롤이 오랫동안 들어왔던 그 '목소리'였다.

외계인은 이제 자신의 몸짓이 작별이 아니라 교감을 위한 몸짓이라고 설명할 필요가 없었다.

하지만 그 이상의 무언가가 있었다. 우스운 일이지만, 둘 다 인간의 단어로 그것을 표현하지 못했다. 캐롤에게는 쓸 일이 단 한 번도 없던 단어였기 때문이었다. 그 말이 무엇인지 알아내는 게 중요하다는 느낌이 한참 지속되었다. 무수한 기억을 돌고 돌아야 했다. 별을 향한 느낌, 짧은 기간이지만 보살피도록 허가받았던 생쥐에 대한 느낌을 거치면서. 캐롤은 그 인식, 그 깨달음에 이가 딱딱 부딪힐 정도로 놀랐다. 하지만 외계인이 캐롤을 '붙잡고', 자신의 필요에 따라 그 소통을 계속 밀어붙였다. 캐롤은 결국 전부 깨달을 수밖에 없었다.

그것은 지난 모든 시간 동안 캐롤, 그러니까 CP, 코범벅, 냉정한 돼지는 사랑의 품속에서 살아왔다는 깨달음이었다. 외계인의 사랑. 처음에는 별들 가운데 있는 작은 외계인이었지만, 머지않아 곧 캐롤만의 사람이 될 그의 사랑.

캐롤은 한순간도 홀로인 적이 없었다.

CP, 캐롤 페이지, 코범벅, 기타 등등은 사랑받는 연인이었다…. 삶의 모든 순간마다.

마찬가지로 장밋빛 털로 덮이고 부드러운 귀와 빛나는 눈을 지닌 이 존재는 캐롤의 연인이었다. 한번도 써보지 않은 말이었지만, 평생의 사랑이었다.

서로의 존재를 알지 못했던 연인들이 오래도록 떨어져 있다가 드디어 만나서 사랑을 표현할 때, 어떤 일이 벌어질지는 뻔하다. 비트렉스 유리의 장벽이 그들 사이에 가로막혀 있을지라도.

당신도 나를 사랑하는군요…. 당신이 여기에 있군요. '나 + 당신 = 하나'의 기적에 빨려 들어가는 말 없는 교감의 시간이 한참을 흘렀다. 캐롤의 연인은 틈틈이 아울른 세계를 캐롤에게 보여주었고, '보는 자'와 '별을 부르는 자'가 되기 위한 최초 훈련과정도 보여주었다. 그 역시 아직 젊다는 점을 알 수 있었다. 그가 처음으로 하게 되었던 별 탐색에서 캐롤과의 첫 접촉이 이루어졌다. 캐롤은 아주 시시콜콜한 것까지 전부 다 보고 싶었다. 연인의 삶을 보여주는 이미지는 아무리 많아도 부족했다. 물론 캐롤의 '목소리'는 캐롤의 삶을 세세한 부분까지 모두 다 알고 있었다.

그들 사이로 흐르는 전류가 강해지면서, 캐롤은 그 외계인을 '그'로 간주하기 시작했다. '그것'이라는 표현을 쓸 수는 없고, '그녀' 내지는 '언니'라는 말은 인간의 맥락에서 적절하지 않다는 것 이상의 뜻은 없었다. 캐롤과 마찬가지로 외계인 역시 자식을 낳은 적이 없다는 사실도 알게 되었다. 게다가 캐롤의 우주에는 다른 '그'가 하나도 없었다.

캐롤은 자신을 여기까지 데려온 폭력 사건을 두 번 언급했다. 두 번 모두 실제의 고통만큼 강한 전류가 흘렀다. 얼마나 강하게, 아, 얼마나 강하게 그가 캐롤과 그들 둘을 보듬어 주었는지!

그들은 격정적인 마음으로 서로 더 밀착될 방법을 찾다가, 결국 몸 전부를 비트렉스 창에 붙이고 말았다. 밥을 삼키는 시간조차 떨어져 있을 수가 없었다. 캐롤은 느낄 듯 말 듯 한 아픈 감각은 제대로 먹지 못해서 생긴 것이라고 어렴풋하게만 생각하고 있었다.

그러던 중 그날이 왔다. 타이머가 너무나 집요하게 시끄러운 소리를 내기 시작했다. 바늘이 붉게 표시해둔 지점을 넘어서는 것이 보였다. 무시하려고 애쓰고 있던 증상은 실제로 몸이 악화되고 있었기 때문에 나타나던 것이다.

캘거리 호의 공기가 바닥났다.

이제 밖으로 나갈 시간이었다, 그에게로. 캐롤은 그 또한 이미 알고 있던 내용을 설명한 뒤 엄숙한 동의를 얻었다.

커다란 출입문이 올라가자 믿을 수 없을 만큼 달콤하고 신선한 공기가 밀려들었다. 단 한 번도 마셔 본 적이 없는 봄의 공기였다. 캘거리 호의 오

염된 공기가 빠져나가면서 자욱한 안개가 피어올
랐다. 그 문밖으로 처음 보인 것은 캐롤을 향해 뻗
은 그의 손이었다. 그는 캐롤을 바깥으로, 다른 결
말로 안내했다.

앞에서와 마찬가지로, 두 연인이 실제 몸을 접
촉하게 되면 벌어지는 일은 뻔하다. 하지만 이 둘을
가로막고 있던 것은 벽만이 아니었다. 완전히 다른
것을 요구하는 완전히 다른 몸이 이들을 가르고 있
었기 때문이다.

처음 몇 시간 동안 기울였던 노력을 구구절절
따라갈 필요는 없다. 두 가지를 알아냈다는 사실로
족하다. 첫째, 웃음은 서로 통했다. 둘째, 지구의 연인
들이라면 다 알고 있듯, 무엇을 해도 충분치 않았다.

그들은 신체적 차이를 탓했지만, 진실이 무엇인
지 의심스럽기는 했다. 강렬하고도 고요하게 온 마
음을 사로잡은 사랑의 불길을 달랠 방법은 완전히
하나가 된다는, 불가능한 경지뿐이었다.

이 세계에서 그런 경지는 지구에서보다 더 불가

능했다. 결국 그들은 손바닥을 마주 대고 있는 것이 가장 깊고 가슴 저미는 접촉임을 알아내고 그 자세를 유지했다.

겉보기에는 일어나는 일이 드물고 사소했지만, 그것들은 우주에서 가장 중요한 사건이기도 했다. 캐롤의 몸이 아직 좋은 상태였을 때, 그는 캐롤을 경치가 무척 좋은 근처 언덕의 아담한 공터로 데리고 올라갔다. 거대한 아울른의 경작지, 자연과 강물, 그리고 저 멀리에 있는 소도시 내지 마을은 자체 발산되는 빛을 받아 장엄하게 반짝였고, 그 위에 드리운 하늘이 전체 풍경을 반사하는 모습이 보였다. 등 뒤로는 빛이 피어오르는 바다가 놓여 있었다. 바다 위로 부드러운 산들바람이 불면서 신기하게 생긴 바다 생명체들이 수면 위아래로 뛰노는 장면이 보였다. 캐롤의 연인은 아울른의 '새'들을 비롯해 신기하고 매력적인 생명체들을 불러 모았다.

어느 시점에서 캐롤은 자신의 코 모양에 대한 아쉬움을 드러냈다. 그는 자신의 접힌 귀가 얼마나 측은하다고 여겨지는지 이미지들로 말해주었다. 각각의 개체들이 한 종의 구성원으로 보이지 않을 만큼 돌연변이가 발생하는 이 세계에서조차, 귀를 비롯한 감각기관이 위를 향하고 있지 않은 생김새는 극히 드물었다. 누가 봐도 못생겨 보이는 특징이 또 하나 있다면 바로 그가 지닌 둥근 머리 모양이었다. 이러한 내용들을 서로에게 고백하고 따뜻하게 위로하는 데 오랜 시간이 소요되었다.

캐롤은 빠르게 쇠약해지고 있었지만, 고통은 없거나 미미했다. 그가 망토 안감을 뜯어내 만들어준 엷은 덮개도 방사능은 막지 못했다. 방사능에 노출된 캐롤의 창백한 피부는 이틀째가 되자 끔찍한 화상과 물집 자국으로 얼룩졌다. 하지만 화상조차 그다지 아프게 느껴지지 않았다. 캐롤은 후에 그가 움찔하는 모습을 보고 그 이유를 짐작했다. 그가 캐롤의 통증을 가져가고 있었다. 그들은 의지의 전쟁을 치렀지만, 캐롤의 의지는 훈련된 그의 의지를 꺾을 수 없었다.

사흘째 되던 날, 캐롤의 아름다운 머리카락이 뭉텅뭉텅 빠지기 시작했다. 그는 머리카락을 한 올 한

올 주워 모아 가지런히 정리한 다음 품에 간직했다.

그날 캐롤에게는 돌에 두 사람의 이름을 새기면 좋겠다는 생각이 떠올랐다. 그가 적당한 돌을 줍기 위해 잠시 자리를 떠난 짧은 시간도 견디기 힘들기는 했지만 말이다. 그들은 이 새로운 아이디어에 감탄하고 기뻐하다가, 캐롤이 그의 이름을 모른다는 사실을 깨달았다. 그의 이름은 '카바나'였다. 캐롤은 그 이름을 수천 번 입으로 되뇌고 노래로 부르고 속삭인 뒤, 캐롤 삶의 모든 기억마다 새겨 넣었다. 캐롤은 그의 도움을 받아 마침내 '카바나와 캐롤'을 돌에 새겼다. 다른 글귀도 넣고 싶었지만, 몸이 너무 쇠약해진 상태였다. 그는 두 번 다시 캐롤 곁을 떠나지 않았다.

이 무렵에 그들은 함께 통나무를 베고 누워, 함께 자라난 듯 손을 잡고 있었다.

캐롤이 마지막 순간에 받은 느낌 하나는, 폭신하고 기분 좋은 감촉이었다. 이끼 질감의 자잘한 덩굴이 통나무를 더없이 편안한 베개로 만들어주고 있었다. 그는 캐롤에게 그 덩굴의 미래를 말해주었다.

6

그 샘은 '보는 자'들이 마지막으로 방문한 후부터 흐르기 시작했다. 피엔로에서 온 두 농부가 마을 공공사업의 하나로 외계에서 온 '하늘상자'에 덮인 덩굴을 걷어내고 있었다. 그들은 새로 태어난 아이 둘의 소식과, '보는 자'들이 동정을 파악해야 할 동물 질병 가능성을 전해주었다.

'보는 자'들은 이제는 개방된 하늘상자에서 맡은 임무들로 분주했다. 물론 늙은 안도울은 들어갈 수가 없었다. 다른 이들이 바삐 일하는 동안, 안도울은 하늘에 대한 집착으로 이곳에 남아 있던 세

사람과 음성으로 최선을 다해 소통했다. 그들은 카바나와 외계인의 눈에 띄지 않게 조심하면서 근처에 머물렀지만, 당시에는 이후까지 여파가 지속될 만한 문제는 발견하지 못했다. 하지만 열린 하늘상자에서는 대단한 흥미를 유발하는 것들이 많이 쏟아져 나왔다. '별'이라는 것들의 신기할 만큼 판판하고 잘 구부러지며 영구적인 이미지도 포함해서 말이다. 그들은 안도울과 새로 '보는 자'가 된 젊은 아스켈론에게 이 물건들을 봐달라고 부탁했다. 그들은 보는 작업을 시작했다. 대체로 검은색과 밝은 점들로 이루어진 그 이미지들에는 알아볼 수 있는 내용이 거의 없었지만, 놀라운 새 기술과 더불어 이상하게 마음을 움직였다.

농부들은 안도울이 이동할 수 있도록 산정길을 넓혀놓았다. 아래에서 모든 일이 끝나자, '보는 자'들이 올라가기 시작했다. 경사가 매우 가팔랐다. 성별을 택하기에는 아직 너무 어린 기형아 미르미르가 안도울의 등에 기어 올라가 붉은 베일을 걷어 올린 채 큰 소리로 불평을 늘어놓았다. "사로 안도울, 장신구를 더 달면 내가 앉을 데가 없겠는데요.
일부러 그렇게 한 거죠?"

안도울이 말했다. "얘야, 말을 가려서 하거라. 게
다가 네가 한 입만 더 먹어도 널 업어 나를 수 있는
사람이 아무도 없을 거야. 아! 이제 보인다." 모두
멈춰 섰고, 미르미르가 안도울의 등에서 미끄러져
내려왔다.

그들은 산 정상 근처에 있는 작고 예쁜 공터에
도달했다. 초록 덩굴로 덮인 길쭉한 모양의 둔덕이
초록빛의 통나무에 한끝을 걸치고 놓여 있었다.

더 가까이서 보자, 사실 둘로 이루어진 형체임을
알 수 있었다. 통나무 끝에는 둘이 밀착해서 얽혀
있었고, 옆으로 뻗어 나온 둔덕은 팔처럼 보였다.

제로나와 엑스타가 그 앞으로 다가가 쭈그리고
앉은 뒤, 갈퀴 달린 손을 덩굴이 덮인 머리처럼 보
이는 것 위에 올리고 동시에 세게 눌렀다.

잠시 후 그들은 한쪽 몸에 손을 댔다. 제로나는
함께 온 이들 모두에게 이미지 하나를 보냈다.

"카바나." 미르미르가 크게 소리 내 말했다. 안도

울은 미르미르의 말과 생각 모두를 부정하는 소리를 냈다. 매우 조용하고 부지런한 세 명의 '보는 자' 중 하나인 페르딜은 카바나와 매우 닮아 있었다. 실제로도 카바나의 사촌이었다.

미르미르가 반항하듯 말했다. "다리가 더 크잖아요. 불쌍한 카바나, 너무 못생겼어. 하지만 하늘에서 살았어!"

부리가 달린 두 '보는 자'는 다른 형체를 가리키면서 주홍빛 갈기가 달린 외계인의 개략적인 이미지를 전송했다. 그들은 잠시 동안 조용히 이미지의 해상도를 높이고 보충하는 작업을 했다. 결국 아스켈론이 한숨을 내쉬었다.

"내가 제대로 못 했네." 아스켈론이 소리 높여 탄식했다. "내 책임이었는데…." 그러고는 옷을 벗은 외계인을 검사하는 자기 모습을 전송하고, 손목을 꺾어 양손을 떨군 현재의 모습을 전송했다. 부끄러움의 표현이었다.

늙은 안도울은 이미지를 약간 수정해서 손을 들어 올리도록 만들었다. 그리고 음성으로 말했다.

"이제는 시작해야겠다. 이게 중요한 일이라고 생각한 사람은 아무도 없었지. 어쩌면 중요하지 않을 수도 있지. 비록…." 안도울은 이미지로 돌아가서 이 외계인을 '위대한 영혼을 지녔을 수 있는 사람'을 줄여 말하는 색깔로 보여준 뒤, 붉은 머리를 한 외계인들이 멋진 하늘상자를 몰고 불기둥을 내려치면서 끝없이 덮쳐 내려오는 이미지로 넘어갔다.

다른 '보는 자'들도 한숨을 쉬었다. 아스켈론이 기운을 살짝 차렸다. 페르딜과 친구 둘이 죽은 이들의 발치로 다가가서, 외계인 연인과 함께 덩굴을 덮고 죽음에 묻힌 카바나의 형체를 응시했다. 페르딜이 격식을 갖춘 작별 인사를 고하자, 다른 이들도 잠시 정중하게 간격을 둔 뒤 작별을 고했다.

그사이, 제로나와 엑스타는 죽은 자들의 두 머리에 번갈아 자신들의 머리를 갖다 대면서 열심히 일하는 중이었다. 오랜 시간이 흐른 뒤 일어난 그들은 매우 진지한 태도로 말했다.

"아무것도… 도움이 될 만한 것은 없네요." 엑스타가 말했다. "카바나가 외계인의 고통을 많이 덜어 갔어요."

제로나는 눈물을 감추려 애썼지만, 목 아가미
사이로 짙푸른 눈물을 한 방울 흘리고 말았다.

"아, 보세요!" 아스켈론은 보충할 내용을 찾기
위해 열심히 탐색하다가 귀퉁이 한쪽 모양이 이상
한 돌을 발견했다. 들어 올려 닦자, 판판한 돌에 새
긴 흔적 내지는 홈이 파인 모습이 보였다.

"외계인의 글자예요!" 미르미르가 외치며 그쪽
으로 기어갔다. "페르딜!"

페르딜과 동료들은 이미 그 돌을 보고 있었다.
페르딜은 늙은 안도울에게 발견한 내용을 확인해
주려고 이미지를 전송한 뒤, 주머니에서 작은 통을
꺼내 짚 한 올을 넣고, 이끼가 자라는 것을 막는 세
균을 돌 위로 솜씨 좋게 불어서 묻혔다. 그리고 연
인들의 머리맡에 그 돌을 세웠다.

페르딜이 갑자기 목소리로 말을 했다.

"나는 카바나를 잘 알았어요. 처음에는 아주 가
까운 친구였죠. 카바나가… 접촉 뒤에 남자로 성별
을 선택하기 전까지는요… 카바나는 정말 깊이 사

랑했어요. 한결같고 끊임없었죠. 거의 병적인 수준이었어요. 하지만 우리에게는 정말 많은 걸 남겨주었네요. 하나 더 말하고 싶은 건, 카바나의 소통이 진짜였다는 걸 이제는 알게 되었다는 거예요. 의심하는 사람들이 많았지만. 카바나가 부른 이가 정말로 부름을 듣고 대답한 뒤에 엄청난 노력을 기울여서 찾아왔어요."

다른 이들은 페르딜이 중요한 내용을 목소리로 말할 권리를 인정하면서 가만히 들었다.

그들 주위로는 아울른이 그들의 하늘, 부드러운 광채를 지닌 영원한 구름 천장 아래로 아름답게 펼쳐져 있었다. 이 자리에서 보이는 평야는 거대했고, 높은 지평선까지 생체발광 조명을 뿜어내고 있었다. 여기서는 아무것도 변한 적이 없고, 앞으로도 변하지 않을 것이다. 낮의 빛도 밤의 어둠도 없는 곳. 이곳에는 여름도, 가을과 겨울도 없었다. 구름에 반사되는 색채를 바꾸는 건 숨락 밭 경작 같은 활동밖에 없었다. 사람들은 씨앗을 뿌리고 수확할 때 변화하는 경작지의 색채와, 농부들이 다양한

작물들을 서로 조율하는 모습을 즐기려고 먼 거리를 일부러 오곤 했다. 지금은 밀린느 관개수로로 물이 동시에 배수됨에 따라 하늘에도 분홍빛 띠가 드리웠다.

모두 내려가기 시작한 순간, 여느 때와 다름없이 아이인 미르미르가 침묵을 깼다.

"나, 하는 일을 바꿀 거에요. '별을 부르는 자'가 될래요!"

"이런, 얘야, 그게 무슨 뜻인 줄 아니!" 아스켈론이 자신도 모르게 외쳤다. "부르는 자의 삶이 어떤지 봐라. 찾고 또 찾느라 다른 건 모두 포기해야 하잖니. 그리고 찾아내서 집중하게 되면, 모두 그러니까…." 그는 말을 잠깐 멈추고 죽은 이들의 둔덕을 가리켰다.

"죽을 운명이죠!" 미르미르가 신파조로 말을 마무리했다.

사방에서 그의 동료인 '보는 자'들이 한꺼번에 전송을 시작하는 바람에 영상이 흐려졌다. 하지만 모든 것을 바치게 되는 운명인 '별을 부르는 자'가

갇히고 마는 상황과 미르미르의 변덕스러움을 나무라는 무거운 이미지들이라는 점은 이해할 수 있었다.

"아니에요, 저는 정말 하고 싶어요." 미르미르가 진지하게 말했다. "저는 아주 뛰어난 수준의 보는 자가 되지는 못할 거에요. 그리고 다른 느낌도 있어요. 이런 거예요." 미르미르는 넋을 잃고 고개를 하늘로 쳐든 채 걷다가 발이 걸려 넘어질 뻔했다. "이 일이 생긴 다음에만 그렇게 느낀 게 아니에요. 그 전부터 그랬어요. 말하지 않았을 뿐이에요. 제 생각에 저는… 저는 그런 사랑을 감당할 수 있을 것 같아요." 미르미르는 접질려 아픈 작은 다리들을 여린 손으로 비비면서 멈춰 섰다.

늙은 안도울이 입을 열어 모두를 놀라게 했다.

"나도 느꼈단다. 오래전에… 사랑의 느낌을. 외계의 것 모두에 대한 사랑. 별에 대한 사랑이지. 하지만 내가 느낀 사랑은 너무 일반적인 대상들을 향했다고 생각한단다. 부르는 자들은 집중해야 하고, 하나를 얻으려 다른 것을 모두 버려야 하지. 게다가 내가 젊었을 때는 별들이 존재하는지도 확실치 않았고, 환상인지 아닌지도 분간할 수 없었어. 확신할 수 있을 때까지 열심히 생각해보아라, 얘야. 하지만 지금으로선 부르는 자가 더 많이 있어도 괜찮을 것 같구나. 그리고 지금은 이동해야 한단다."

"맞아요." 엑스타가 엄한 목소리로 말하면서, 암베라모우에서 이제 막 작업이 시작되는 중이고 날아다니는 무리에 대한 문제가 시급하다는 내용을 담은 이미지들을 빠르게 보냈다. 그리고 단호하게 뒤뚱뒤뚱 발걸음을 재촉하여 미르미르 곁을 지나치면서 차갑지는 않은 목소리로 말했다. "얘야, 아울른 전체가 다 알겠다. 너는 꽤나 시끄럽구나!"

길은 곧 텅 비었다. 산정도 캘거리 호가 내려앉은 구덩이도 다시금 고요해졌다. 거대한 평야의 관개수로가 채워지면서, 하늘에서는 연어 빛의 강물이 구름 사이를 흐르고 있었다. 따스한 분홍빛이 돌을 어루만졌다. 그 위에는 차츰 희미해지는 인간의 글자가 쓰다 만 채로 새겨져 있었다.

180

카바나 + 캐롤

사랑, 그리고 산ㅅ

미르미르의 결심은 확고했다. 시간이 얼마간 흐른 뒤, 어딘가에 있을 인간 또는 외계인이 먹먹한 동경 속에 하염없이 별들을 바라보다가, 목소리를 들을 수 있다고 상상하기 시작할 것이다….

〈끝〉

옮긴이 황희선

학부와 대학원에서 생물학과 인류학을 공부했다. 현재 한국의 토종 씨앗 보전 운동을 주제로 인류학 박사학위 연구를 진행하고 있다. 《영장류, 사이보그 그리고 여자》(공역, 근간), 《해러웨이 선언문》, 《가능성들》(공역), 《어머니의 탄생》을 우리말로 옮겼으며, 다양한 단행본과 지면에 인간과 비인간을 주제로 한 글들을 기고했다.

냉정한 돼지

초판 1쇄 발행   2023년 9월 20일

지은이   제임스 팁트리 주니어
옮긴이   황희선
펴낸이   박은주
디자인   김선예, 이수정
마케팅   박동준
인쇄   탑프린팅

발행처   (주)아작
등록   2015년 9월 9일 (제2023-000057호)
주소   07236 서울특별시 영등포구 의사당대로 38
               102동 1309호
전화   02.324.3945-6   **팩스** 02.324.3947
이메일   arzaklivres@gmail.com
홈페이지   www.arzak.co.kr

ISBN   979-11-6668-744-0 03840